짐승이 사람이라면
사람이 짐승이라면

엄환섭 열한 번째 시집
짐승이 사람이라면
사람이 짐승이라면

초판 인쇄 2025년 1월 15일
초판 발행 2025년 1월 25일

지은이 엄환섭
펴낸이 홍철부
펴낸곳 문지사

등록 제25100-2002-000038호
주소 서울특별시 은평구 갈현로 312
전화 02)386-8451/2
팩스 02)386-8453

ISBN 978-89-8308-606-8 (03810)

값 14,000원

엄환섭 열한 번째 시집

짐승이 사람이라면
사람이 짐승이라면

문지사

열한 번째 시집을 내면서

온 세상이 흰 눈으로 뒤덮인 천지를 요 몇 년 동안 단 한 번도 보지 못했다.

그 흰 눈덩이 속으로 나는 내 시끄러운 생각도 내던지고 또 내 시끄러운 글도 모두 내던져버리고 내 모든 것을 하얗게 다 지워버리고 싶다.

TV 속의 하얀 눈과 빙산은 내가 꿈꾸는 동경의 세계다. 식물도 동물도 사람도 살지 않는 투명한 세계, 그 차가운 세계를 가만히 상상하며 나는 즐겁다.

길이 없어서 편한 그 신비의 원초적 생

내 발자국을 내가 확인할 수 있는 나의 무구한 생을 찾고 싶다.

길이 없어 길을 잃어버릴 걱정이 없는 세계 그 속으로 무작정 걸어가고 싶다.

얼음에 부딪혀 눈에 덮여 내 속의 보이지 않는 것도 내 밖의 보이는 것도 세상의 더러운 기름때와 온갖 불순물들도 모두 모두 다 지워버리고 새로운 새벽을 맞고 싶다.

아무것도 없이 모두 지워진 상태 나는 투명 인간이 되고 싶다.

듬성듬성 머리카락 빠진 듯한 두메산골 입구에는 오래된 느티나무 그늘이 왁자지껄한 세파를 잠재운다.

어두운 밤에 하얀 눈길을 걸으며 별을 헤아리던 신생아 울음소리 같던 그런 참세상을 등지고 도시의 구부정한 건물 그림자 속에서 서류뭉치나 각종 고지서를 머릿속으로 파헤치면서 나의 머리는 무거워졌다. 아니 답답하다 못해 이명 소리까지 윙윙 들리는 듯했다.

머리가 어질어질 어지러워 욕조에서 수도꼭지를 비틀어 머리카락을 풀고 내 둥근 머리통을 강한 물줄기 속에 집어넣었다. 물이 내 머리통을 망치질했다.

차가운 감각들 뒤로 하나둘 사라지는 구부정한 도시의 어두운 그림자들

눈을 꼭 감고 있으면 물은 싸 싸 도시의 모든 소음을 휘어잡고 나를 휘어잡고 후비기 시작했다. 머리카락과 내 두 손이 허공에서 움직이고 물속을 허우적허우적 헤엄쳤다.

내 몸을 확인하는 순간 갇힌 달빛 속에 조등처럼 창백한 내가 거울 앞에 나타났다.

책을 매번 낼 때마다 나는 또 마지막 속옷을 벗은 것 같은 부끄러움이 몰려온다.

불인지 물인지 나무인지 꽃인지 아니면 아무 소용도 없는 왁자지껄한 소음인지도 모르면서 나는 끝없이 나를 흔들고 세상을 흔들었다.

하늘에서 땅속까지 흔들었다.

그래도 길은 보이지 않았다. 앞으로 터벅터벅 걸어가면서도 길은 없었다.

최선을 다한 열정과 인내를 쏟아냈을 뿐

내 마음의 언어들이 손질 안 된 풀들 같이 웃자라 이리저리 마구 헝클어져 있다.

문득 후둑후둑 떨어지는 잎사귀 소리에 시 한 권 엮어본다.

시를 쓰는 것보다 시를 안 쓰는 것이, 더 어려워서.

차례

차례

2/ 빈 것을 두둔하고 싶은 날 오후

차례

3/해는 칼을 간다

1

짐승이 사람이라면
사람이 짐승이라면

짐승이 사람이라면 또 사람이 짐승이라면

짐승의 꿈은 어떤 것인가

맨발로 길을 걸어 본다
길 너는 목이 길구나 넌 또 바닥이라서 날고 싶은 시간도 많을 것이라 상상을 해본다
저녁과 밤 아침 낮 사이를 인간과 짐승을 바꾸어 놓는다면
짐승은 모시던 산을 버리고 학교로 간다 하지 않을까
몸의 하지대는 사람처럼 변할지 몰라
인간은 또 실없는 웃음기를 꽉 꽉 가를 수 있는 목이 긴 말 울음소리로
그보다 목이 더 긴 기린의 울음소리로 진중해질지도 몰라 러시아 우크라이나 전쟁 이팔전쟁 같은 비극도 없어질지 몰라
온갖 잡것을 다 잡아먹던 사람이 또 초식동물처럼 풀만 먹을까 흘러내리는 달빛에 생을 푸는 순한 짐승이 될까
괜찮아 괜찮아 상상만 한 거잖아
짐승과 사람이 동시에 진짜로 똑같아진다면 서로에게 없던 감각이 새로 생겨날까

따뜻한 색은 대체로 몸에 다 좋았다 할 것이다
따뜻하고 다정한 해 같은 것들은 포근하다 할 것이다 갈비탕 장어탕 같은 것들
차가운 색은 또 갈증에 좋았다 할 것이다 얼음 아이스크림 같은 것들

핏줄엔 영역이 있어 핏줄에 묶인 몸이 목에 핏줄을 세워
짐승은 말을 할 것이고 사람은 짐승처럼 길게 울 것이다

저녁과 밤 사이 오전과 오후 사이
사람은 숲과 풀밭에 두손 두발 다 짚고 기어다닐 것이고
짐승은 앞발을 다 버리고 뒷발로 서서 사무실과 살벌한 노동 현장을 뛰어다닐 것이다

옷을 벗고 남겨진 자신의 알몸을 봐
눈 안에서 열매를 맺으려 하는 나무도 보이고 풀도 보이잖아
하늘 아래 땅 위에 반딧불이 무리 지어 반짝이면 쓸쓸하지 않잖아
멀뚱히 있는 나무 아래 떨어진 잎이 배부르게 누워있잖아
누가 내 이 엉뚱한 말을 듣고 있기나 하겠냐고 그래서 나도 착하게 나를 지우면 좋겠다고 생각하잖아
떠도는 행성
모두 꿈꾸는 하늘
내가 편한 날은 모두 좋은 것만 생각하는 날
손가락이 내 안에 들어와 주먹을 쥔 적이 없고 손가락이 똘똘 뭉쳐서 주먹이 되었을 뿐
한순간 한 방이면 끝난다는 사람들은 천사일까 악마일까 또 도마 위에서 토막토막 내면 풍성한 달빛이 넘실거릴지 몰라 손끝에 감각을 믿을 수밖에 사람은 사람 짐승은 짐승 그러나 개처럼 입을 벌려 욕을 하고 싶고 입을 더 크게 벌려 웃고 싶다 하 하 하 하

빛이 없으면 아무것도 아닌 것들
우리 이래도 되나

우울할 땐 거울이 있다
저마다의 거울과 태양이라는 게 있잖아
서러운 인생을 달콤한 속삭임으로 인도하는 영롱한 빛깔이 또 있잖아
반사의 신이라도 되는 듯 굵게 자라다가 다시 차오르는 마술 아시죠
땅에는 일기장 같은 참새를 가득 그리면서
하늘에는 사라지면서 거대한 에너지를 내뿜는다고 하는 별을 그리면서
우주에서 끊임없이 별들은 태어난다 새들이 태어난다 천사들의 합창을 위해서
빛에 머물지 않는 영혼이 있을까
빛에 빛나지 않는 생이 있을까
빛은 라니아케아
라니아케아는 하와이 말이라는데 무한한 천국이라는데
아무리 굴러도 더 크게 빛나고 있다는 것을 알아봤어야 했는데
외로움이 빛날 때
만남은 거울 위에 햇살처럼 빛날까
하얀 백지 위에 자라나는 글자들 문장들 허공 짚은 잔별들 선 긋고
가난을 동경하더라

가난한 날 나팔 부는 개나리
가난한 날 산과 들에 번지는 진달래
가난한 입으로 찬물이 미친 듯 들어가면 그 물무늬들은 절망에 가깝겠지
드나나나
드난살이
말이 허공에서 자꾸 지워진다
아무것도 없는 공간이어서 끊임없이 태어났다가 거품처럼 아니 안개처럼 무리 지어 무너지면서 사라진다
빛이 오고 빛이 사라지고 빛이 모여 메아리친다고 생각했다
취하면 많은 것들이 무너지고
취하면 사람들도 죽는 것을 본다
우리 지금
너무 옛날을 몰라도 될까
너무 먹을 것이 많다고 치킨 꽈배기 빵
너무 입을 것이 많다고 속옷 외출복 내다 버려도 될까
입에 몸에 몸통에 거품이 너무 많아 복통이 생긴다면
또 쓰러져 숨을 몰아쉬다 죽는다면
삶도 죽음도 비가 그치지 않는 꿈같은 것이라며
공기의 구조를 바꾸고 있다 세상을 바꾸고 있다 삼한사온을 바꾸고 있다

또렷한 지나온 길 소금처럼 반짝이고 있다
하늘에서 내리는 비가 무덤을 다지겠지
마적 떼는 내 속에서 우글우글 아무리 태어나도
그래 우리 가난한 어머니 아버지가 잠재우겠지
배고파 냉수를 벌컥벌컥 마시던
밥 먹는 법은 두 손을 합장한 식전의 기도는 살기 위한 말 없는 외침이었다
윤기 도는 짠맛 세상
절미 저축
긴 뼈대 추스른 허기
내가 창가에 앉아있는 은빛 털을 두 손으로 모아 은박지에 쓸어 담는다면
열 개의 손가락 모양은
초점이 없어도 자전하는 지구처럼
빛과 세계
오랫동안 흔들리면서 그네를 타고
뙤약볕 같은 사랑받는 또 따스해지는
아무런 소리도 들리지 않지만
그가 나에게 와 있었다

거울은 거울
나는 나
그는 그
모두 완성되지 않은 무엇을
거울 위에 빛으로 보이지도 않는 구원을 그리며
처음으로 돌아가 다시 첫 페이지로부터
잊고 있었던 글자를 읽는다며
버려진 것들도 거울 위에서 다시 반짝일 것이고
나온 문이 나갈 문이라는 것도 이제 이상하진 않겠지
소 울음소리 가래질하는 아버지 우렁찬 목소리
또 아득한 세월이 거울 위에서 흔들리고 있다
하늘에 빛이 없으면 아무것도 아닌 것들
하늘에 빛이 있어 바장거리는 것들
어머니 아버지가 있어 우르릉거리는 것들

온갖 바람의 노래

때론 딱딱한 것도 안락함이 되는데
학교를 벗어던진 학생의 자유
달리는 자전거 바퀴도 자유에 가담할 수 있을까
바람에 모두 수상하게 흔들리는 물상
가만히 보면 뾰족한 가시들도 많다 그래 가끔 죽고 싶다는 생각을 갈고 닦는지도 모를 일이다
맑은 눈동자에 홀린 듯이 또박또박 읽어 내려가는 생의 푸른 기폭들
지금은 점점 휘어져 가는 세계에 대해 생각 중이다
바닥에 던진 우리의 말이 뿔뿔이 흩어진다 그럴수록 다리가 더 멀리 날잖아
나의 머리카락은 대륙의 바람으로부터 시작되었나
나의 손가락은 어두운 밀실에서 시작되었나
사라진 쪽이 너라고 생각하는지 다가오는 쪽이 너라고 생각하는지 나는 알 수 없다
짐을 등에 지고 더듬이로 길을 가는 달팽이 가는 허리가 휘어지도록 짐을 진 개미
보이지 않는 골목길을 향해 길을 알고 가는 미물들도
공손히 받든 몸 안의 우주를 찾아 자유를 찾아 그치지 않는 시련이 지워지지 않는 상처 자국이 온몸에 박혀도 걸음을 멈출 수 없다
나는 허공의 자유를 믿는다

어머니를 보내고 생이 무너진 후 너무 무덥거나 너무 추워 오늘 날씨는 별로라니까 투덜댈 때 광장에 모인 사람들은 굴러가는 나를 보고 웃는다
바닥에 던진 그림자까지 지우고 싶다니까

나는 바람의 이름으로 온갖을 부르고 있다
어둠의 강보에 싸인 핏줄이 나를 부르고 있다
온갖이 눈을 뜬다 눈동자마다 온갖이 또록또록 손가락 발가락 움직인다
온갖이 너와 나 되는 순간 천지가 빙글빙글 돈다 바람이 분다
바람이 바다에 뛰어들어 알몸으로 헤엄친다
바람의 물장구에 빗줄기가 튕긴다 도가머리에도 빗방울을 튕긴다
물방울에도 아기 햇살이 있다 해가 있는 물방울은 더 향기로울까
하늘을 돌아 나온 바람의 하얀 속살이 나와 하나 되는 순간까지 침묵하는 저 한쪽 창공에 무지개가 떠오른다
냉랭한 기압골은 더욱 서늘하게 굳어간다
울음뿐인 내 가슴도
생의 방향을 살피고 오는 미풍에 얼어붙은 별도 따라 온다
허공은 내가 다시 태어날 미래
우주의 빈자리는 새로운 지구를 그릴 먹물
오늘 유독 바람이 꼼지락거린다

옆구리에 방이 있다

옆구리에 방이 있다
꽃병도 식탁도 접시도 빗장이 있다
누구나 돌아누울 수 없고 휙 멀리 떠날 수도 없다
오래된 벽지를 뜯어내면 실내는 낮아지기도 하고 또 한없이 높아지고 한다
방에 창문을 만든다 항상 열려 있어야 항상 생각이 없어야 한다
그 사이 옆구리는 더 넓어져 몸은 동그랗게 만들어진다
방도 그사이 동그랗게 만들어져 어두운 메아리가 퍼지는 방에 몇 알 모래가 바람이나 물을 꿰매고 이끌리며 숨을 풀어 놓는다
어두운 벽을 키우는 방에 밝고 높은 밝고 낮은 빛이 몸속에 들어와
메모장이나 작은 점 하나의 기록도 없이 팔이 빠져나간다.
옆구리가 빠져나간다 그 사이 오장육부 다리 모두 빠져나간다
하늘의 회전문이 열리면서 달이 범람한다
창문 밖에 밝은 달이 범람한다
하늘의 회전문이 열리면서 벽이 사라진다 가파른 계단이 사라진다
땅은 줄기가 자라나는 나무가 된다
나뭇잎이나 풀잎이나 새 떼들이 강과 바다를 더 푸르게 하늘은 더 높게 무언가 쏟아내지 못한 것들을 바람이 바람의 잔가지들을 쏟아낼 때
여인의 옆구리에 사내가 있다는 것을 처음 알았다
얇은 옆구리가 부풀어 올라 두툼해지고 따뜻해진다
몸속에 들어와 갇힌 사내도 없는데 희디흰 사내의 갈비뼈가 옆

구리를 파고들어
치명적인 눈물과 웃음 치명적인 사람을 왜 만들었을까 아니 치명적인 사랑을 왜 만들었을까
정말로 남자가 심심해할까 봐 만들었을까
옆구리는 하늘과 땅 바다 달이 어리는 그림일까
처음부터 꽃병도 식탁도 접시도 없었다
오랫동안 그녀가 그 방에 여우 꼬리 길게 드리우고 뒹굴어 다녔을 뿐
언제부턴가 그녀가 아닌 다른 손이 그녀의 따뜻한 살을 만지고 있었다
일테면 그사이 폭설도 있었고 폭우도 있었고 혹한도 폭서도 있었다
그럴 때는 그녀는 낙타를 타고 종종 사라지고 싶었다
무언가 저지르고 싶고 변하고 싶었다
겨울의 절벽은 봄
봄의 절벽은 여름
가파른 절벽을 넘어온 바다의 입 거품 앞에서
잠깐 바다는 노래하는 파도를 멈추고
사진기에 찍힌 절벽같이 서 있는 옆구리를 나란히 한 여자와 남자가 서 있다
방울토마토처럼 데굴데굴 구르는 기쁨도 슬픔도 어깨 밑 등거리 절벽에 숨어버린다
여자와 남자의 눈이 하늘보다 깊고 넓다

옷장 속에 나는

나는 가끔 생각한다
동굴 속 낙엽처럼 잠을 자고 눈을 뜨는
내 송곳니보다 사나운 옷장이라는 감옥에 대해서
내 깊은 속에 갇혀 있는 시에 대해서
만약 내가 저 옷들처럼 하루하루 수감 되었다면
눈을 반쯤 감고 단단히 가부좌를 틀어 안거일安居日이라고 억지 주장을 했거나
우두둑 내 손가락 몇 개쯤 깨물어 먹었거나
아니면 땅속에 숨은 사나운 돌까지 파헤치는 멧돼지가 되었거나
내 어둠 속의 금강金剛을 찾아 헤매겠지

이 문밖 인간의 나라는 산과 산 사이 산맥을 타 넘으며 탐험하고 가장 순한 얼룩무늬 우수에
젖기도 하고 맑고 차가운 유리를 품은 식탁에 앉아서 청태콩 요리를 먹거나 했겠지

밑바닥에 꿇어앉아 오가는 바람도 하나 없는 것에 대해
조만간 얼룩얼룩한 나뭇잎 잠이 든 옷에 대해
답답한 어두운 절벽을 그리기 시작했다
등줄기에 가득 가시가 돋았다
심장이 돌이 되지 않으면 견딜 수 없어
돌이 된 하루가 노을도 없이 떠밀려 간다
옷과 옷 사이 여운이 둘로 갈라져
또 상반신 하반신이 둘로 갈라져
퍼덕거리기 시작한다.
내 속에서 팔딱팔딱 뛰는 시의 어족들까지

옷장 속에서는 옷은 옷을 사랑하고 미워한다
날아보지도 못하고 그 안에 떨어진 깃털을 잡아본다
나무의 긴 무릎이 버티고 있는 나무의 알몸을 더듬던 생각을
또 옷장 속에 새를 묶어 두어 음정도 박자도 일정하지 않은
새의 노래를
내가 옷이 될 때까지
내가 시가 될 때까지

사람은 모른다
새를 왜 사 왔는지
이빨도 발톱도 없는 맹수를 왜 사 왔는지
아니 날지 않으면 새가 아니지
이빨이 없으면 맹수가 아니지
울지 않으면 포효하지 않으면

옷장 속에는 미워하고 사랑하는 붉은 가슴이 없네 솟구치는 힘을 꾹 누르는 하얀 무릎이 없네
언제나 사람을 기다리는 옷들은 천둥 번개가 쳐도 아가미를 벌리지 않네
옷도 사람도 아닌 듯한 또 다른 나는 무엇인가
시는 또 내 하얀 옷장과 하얀 가슴팍 안에 있기나 한가
옷도 옷장을 떠나지 못하고
진득한 시도 나를 떠나지 못한다고
나는 가끔 생각한다

나에게 맞는 옷은

옷장 앞에서 고민하는 건
상의와 하의다
위쪽으로 가면 하늘 아래쪽으로 가면 땅
잘 단련된 하늘과 땅 같은 연장이 옷일까
아무것도 중요하지 않은 이것저것 옷장 속의 옷을 뒤져 놓는다
몸에 옷을 맞추어 입던 시절은 미싱이 밤낮으로 울었다
지금은 컨베이어벨트 타고 굴러가는 하나하나 물건일 뿐
엑스레이를 믿지 않아 옷을 믿지 않아 멜로를 믿지 않아
지폐는 요란한 박수 소리보다 더 크게 믿지
검은 옷은 니그로보다 더 검게 빛나고 하늘보다 더 빛나고 녹이 쇠보다 빛깔이 더 곱다
어제의 옷을 오늘 입자니 어제는 오늘보다 뜻 없는 단어 같아
어제의 영달을 벗겨내고 양말을 벗겨내고 하고 싶은 일이 많은 날
그래 다 중요하고 다 꽃피고 싶기는 한데
일어서라 일어서서 편하게 치마를 걸치고 외투를 걸친다
항해하는 건 로망이라 흉한 물결이 반드시 손짓하고 있다
외출하고 싶은 날은 외출한다

나는 우울한 날도 거꾸로 서는 요가를 하는 노처녀
바람결마다 꽃 냄새 고기 냄새
부릅뜬 눈 거친 목소리 굵은 나팔 바지통에 멜로 몇 편 개봉했다
해의 범람으로 하늘 문이 열린다고 바람이 분다
달과 별의 범람으로 하늘 문이 닫힌다고 바람이 분다
녹슨 철근도 우중충한 구름도 먼지도 멜로일 테니
나는 어떤 자세인지도 어떤 옷을 입었는지도 모르는
그저 그런 사람
티브이 속에서는 화성으로 탐사선이 날아갔다
문장을 펴면 앞산 뒷산 뿌리가 하나라고 한다
비틀어진 내가 아직도 우리라는 뜻 있는 단어이고
오늘의 옷이고 양말이다
어두움도 빛이다 밝음도 빛이다
같은 셔츠에 팔을 넣어도 팔이 잘 안 들어가는 날이 있다
선택의 방향은 어디이든 상관이 없다 어느 누구든
아니면 상남자 앞에서 얼굴 붉힐 수도 있겠지
이쪽으로 가면 바다 저쪽으로 가면 산
이쪽으로 가면 남자 저쪽으로 가면 여자

흰 치마 펼쳐 절벽을 유혹하는 폭포를 보면
로망은 바다를 향해 나아가는 일이겠지
이제 중심을 잡고 양쪽을 다 욕심내진 않을 거야
이미 세상에 모든 일은 밸런스게임이니까
검은 셔츠 흰 셔츠 다 필요하지만
생애는 휴식은 없으니 항상 수저를 놓지 말기를
나는 몸속 바다에 길게 누워 한 가닥 국수 가락처럼 길게 몸을 맡겨버렸으니까
우리 집은 파란 대문이 열려 있는 바다
녹슨 대문처럼 서 있는 섬은 정신의 고향이라 생각해 볼 수 있겠지만
모래사장에 옷을 깔아놓고 구겨지면 원래 옷은 이런 것입니다 하고 옷을 벗고
옛날 가난한 어머니 동화 같은 이야기는 잠잘 때도 잘 맞아
모든 것은 마음이지 복권을 산 기분 같다고나 할까
굳어진 땅 위에 벤치 같은 것이겠지
이제 단단해진 내가 뒤늦게 겉옷을 벗어 놓고
모래밭에 누워서 하늘을 본다
하늘이 더 많이 보인다

N잡러의 휴일

맨발의 자유

맨발이 가벼운 건 누구나 다 아는 일 맨발은 자유다
그 한마디 말을 들추었더니 막혔던 눈앞이 열린다
허공의 노트에 쓰는 구름의 고민 같은 것은 아무도 모르지만
이 묵직한 문장이 비뚤비뚤한 걸음마를 한다
신호가 바뀌고 사람들이 오간다
이게 뭐지 땅에서 시체 같은 게 떠오른다 둥 둥 두 동강 난 지렁이 매 맞아 죽은 뱀 붉은 토마토처럼 터져 버린 해의 살점까지 죽이 되도록 뭉개지는 세계 지구가 잠시 멈춘 것 같다
오늘 하루 나와 같이 누가 봄놀이하지 않을래
파릇파릇 올라온 잔디 위를 맨발로 걸어 볼래 구름사다리에 올라가 마구 뛰지 않을래 내 속에 햇빛 가족도 친구도 있어
산들바람에 즐거운 낮잠 민박도 좋겠지만 딱지치기 구슬치기 비사치기해 보지 않을래

어둠이 몸속에 잠겨 어둠을 건져 내면 고요한 하늘이 출렁이지
나무의 나이테를 슬금슬금 돌고 나온 나무들 좀 봐
몇백 년의 고된 숨소리가 한순간에 터져 나온 나무 색깔은 그림자까지 푸르다니까

흙은 맨살을 참는다 아무리 울퉁불퉁 못생겨도 자기 얼굴을 탓하지 않는다
맨발로 걷는다 맨발이 아니면 밥을 굶을 수도 있다니까
섬처럼 아득한 환영의 나날 너울도 무서워하는 절벽을 섬기기

로 한다
　뜨겁게 피었다 서럽게 우는 작은 꽃도 하나 모르면서 예쁘다 괜찮다 거짓말하며 무심히 돌아선 발걸음들 맺혔던 울음소리 몇 방울 떨어지고 태어나고 우리는 잠시 같은 편이 된다 맨발이라는 이름으로
　달빛 한 조각의 숨결에 내 몸이 마비된다니까

　내 방에 거울이 하나 있다 거울이 내가 되었다 내가 거울이 되었다 아무리 신선한 바람도 매일 흔들린다
　여전히 불안한 사업에 뒤뚱거리는 내 발걸음 야생의 발로 야생을 밟는다 눈이 오면 눈을 밟고 비가 오면 비를 밟고 맨발의 이 묵직한 발걸음으로 지구의 중심을 너도나도 잘 잡아야 한다
　지나간 서러운 바람도 다가올 새로운 바람도 막힌 곳은 없다
　맨발은 자유다 차가우면 차가운 대로 따뜻하면 따뜻한 대로 아리고 아름답다
　책갈피 나뭇잎처럼 가벼운 의미로 말없이 사라지는 생각이 동전처럼 땡그랑 땅에 떨어진다
　질긴 숨 파닥거리는 두 발은 땅속의 떨림도 밑바닥도 싫어한다지
　팍팍한 세상살이 들어주는 이 힘찬 야생의 날갯짓에 햇빛 가득 들어와 공차기 좋은 날이다
　누워 있는 땅을 아무리 일으켜 세워도 다시 눕는 그 비밀을 밝힐 필요는 없다
　나는 N잡러 옷을 벗은 듯 입고 맨발로 천방지축 뛰어다닌다

핑크뮬리

털쥐 꼬리가 허공을 덮고 긴 꼬리를 친다
언젠가 이들을 배를 부풀게 하는 벼라 부를 것이다
파다한 사람들 소리까지 섞인 구수한 냄새가 한창 뜨겁다 즐거운 아이들 소래 같이
핑크빛 배부른 들판
가는 줄기를 따라 생겨나는 꿈들
거친 야생의 의기가 잎에 모여들고 어디서 보나 더 잘 보이려고 실눈을 모로 뜬다
황금색 이삭인 듯 귀털 왕관인 듯 가는 머리카락 휘날린다
동경하는 시간을 가을 저쪽으로 날려 보내고 시도 때도 없이 핑크빛 털을 흔들며 맹수보다 더 맹수처럼 사납게 으르렁거린다 발톱 손톱 전신까지 갈가리 찢어지는 것도 모르고
노래를 부르다 두 어깨로 춤을 추다
시시덕거리는 가을의 늦은 대화로 수작 피우기까지 한다
하늘에 흰 구름 뭉게구름 들판에 분홍구름 분홍 솜사탕 파도치는 자서전 한 권 꺼내 놓았다
틈이 보이지 않는 바닥에선 눈을 뜨고 있어도 검은 그림자에 싸여 비틀거리다
무릎을 꿇다 일어서다 엉덩이를 흔들다 머리를 흔들다 도깨비 탈춤을 춘다

달려오는 이도 없는데 혼자서 달린다 바람이 일 때마다 핑크빛 곡선으로 워킹하는 무리들이 부드러운 미소 보내며 고개 흔들어 줄 때 환호하는 사람들

잠자던 천지가 휘파람을 불고 동경하던 야생은 세상과 더 빨리 친해진다 꿈에 이끌려 온 분홍빛 울음과 웃음이 가득 찬 이곳 아군도 적군도 무기도 군량미도 없는 춤추는 전쟁터

다시금 지나가도 다시금 돌아와도 똑같은 낯 색 똑같은 살냄새 바람을 두들겨 맞는 몸과 몸 사이 그 어떤 비명도 하나 같이 어깨동무한다

누군가의 마음을 위해 핑크빛 선물로 고운 머리칼을 흔든다

붉은 해가 빛나는 거룩한 시간에도 누군가의 발바닥은 검을 것이고 자주 오르는 계단도 검을 것이고 먼 곳을 걸어온 힘겨운 발걸음들도 검을 것이다

영롱한 들판이 그림자까지 화끈 달아오르면 밤이 어두워도 달이 뜰 것이고 별도 따라 뜰 것이다 사람들은 다시 다가오거나 떠나갈 것이다 그렇게 하지 않으면 안 됐을 것처럼

음의 기운으로

여인은 하늘 아래 구름일까
집안의 야행성일까
달이 뜨고 세상이 잠들어야
하얀 배를 밀고 항해를 시작한다
대낮엔 끝이 없는 바닥에 끝이 없는 물밑의 수초 속에 엎드려 깊이 숨어 있다
자세히 들여다보면 멀쑥한 대나무숲 칡넝쿨 덮여가는 휘감긴 구름이 있다
옷깃을 여미게 하는 또렷한 저 수많은 검은 털의 깊숙한 목판본
파마 같은 깊은 속도 따뜻한 봄기운으로 찰랑거린다
얼비친 제 모습에 움칠 놀란다
하늘 속에 바다가 있고 바닷속에 하늘이 있다
돌돌 말려 나오고 돌돌 말려 들어가는 웅크린 몸
제 몸 자세히 들여다보면
먹물도 더 짙어지면 푸른 색깔을 뿜어내는지
꼭 웅크렸던 흔적마다 미궁이다
내가 살 집이 바다다 내가 살 집이 하늘이다
나무의 죽은 옹이는 세상의 말을 듣는 귀
하늘의 귀는 서로를 모르고 어슬렁거리는 구름
날개를 감싸고 여름 한철 잠깐 우는 매미가
하늘을 향해 나무가 부러지도록 운다

세상의 울음도 흐느낌도 끌어들이는 힘과 버티는 온도가 얼마나 필요할까
어둠도 잊고 밝음도 잊고
원피스 감정 밑에
누군가 밝은 전구를 돌려 불을 켜고 있다
하늘도 바다도 편애가 한창이다
유독 허공의 입맛을 즐기는 것들
하늘에도 땅에도 물속에도 허공이 있다
유독 어둠의 맛을 즐기는 것들 하늘에도 물속에도 어둠이 있다
끊어지지 않는 맨발을 신은 계절풍
샌들의 바다
아궁이에 불을 숨겨 여름을 끓이기 시작한다
곱슬머리 해석이 흘러내는 황소의 울음 양의 울음
어둠 속에서 태어난 독보적인 토끼의 울음
꾸불꾸불한 힘은 꺾어지거나 부러지지 않고 줄줄 흘러내리지
방에 놓인 침구는 구겨지고
바람은 사랑의 첫 번째 관용어라는 말이 있지
이제 해의 기운으로 물소리가 흘러 들어간다
가을도 겨울도 원피스의 기운으로 물고기가 흘러 들어간다

황혼

붉은 새

아득한 하늘에서
날아온 새 한 마리
나무가 놀랠까 봐
사뿐사뿐 나무속에 숨는다
강이 놀랠까 봐
사뿐사뿐 강 속으로
바닷속으로 숨는다
죽은 새
죽지 않는 새
붉은 새인 줄 알았는데 붉은 깃털이었다
누가 새를 묶어 두었는지
날지 않으면 새가 아닌데
하늘 속에도 땅속에도 바닷속에도
그해 깃털 참 따뜻하다
하늘에 붉은 입술 땅에 붉은 입술이
붙어 온천지가 모든 해가 사라지면 심열이 난다

종군하는 노을이 군청색 하늘에 불을 지핀다
하늘이 높고 깊을수록 더 부풀어 오른다
욕망의 붉은 불꽃이 소리도 없이 운다
아무도 울지 않는데
붉은 울음이 허공을 말아쥐고 번져간다

쉬잇
노을 속에 잠드는 바람
노을 속에 숨은 구름
모두 울컥 따뜻하게 꽃핀다
둘도
셋도 하나
넷도
다섯도 하나
불꽃을 끌고 들어간 곳
다시는 땅에 내려앉지 않는 곳
사는 건
수북한 그리움 또는
먼 길로 향하는 붉은 사랑

내가 사라져도 나를 사랑하는 것
세상이 사라져도 세상을 사랑하는 것
온 세상이
죽어가는 햇살을 뭉쳐
차마 놓지 못하는 마지막 숨을 쉬며
빛 속에 어둠을 섞어
삶도 죽음도 붉은 꽃 속으로 뛰어드는 것인지
숨소리마다 붉게 차오른다

붉은 거북 붉은 말 붉은머리오목눈이 붉은 발 붉은 보라
모두 붉은색 꿈을 꾼다 수북수북하게 황홀하게 쌓인다
아 아
아 아 아
미지끈하고 지저분한 말을 많이 하는 입에 노을 들어왔다

노을 위에 노을
노을 밑에 노을
기어코 걸어가고 싶은 심연
끝이라는 말 대신
빼앗길 수 없는 슬픔도 기쁨도
어린이들이 거북놀이를 하듯
세상에 잡귀들까지 내쫓는 듯

불신의 물고기

외출복을 입어도 온기가 없다 메마른 입김만 눈에 자꾸 끼어든다
내가 되었다 남이 되었다 서로가 다른 옷을 입고 있는 것 같다
살짝 삐져나온 뼈마디도 쓰디쓴 표정도 내가 아니다
무거운 문을 밀고 밖으로 나온 물고기 꽃가마 둥둥 떠 있는 하늘 넘어지듯 불안하다
노래인가 심음인가 평생 울기만 하는 물소리 신을 벗고 걸어오고
역경을 딛고 오는 발자국 소리 은은하다
여기서 청춘은 어색하다 그래도 아직 요양원에 가지 않은 물고기
팔각정 위에 신문을 보는 물고기 바둑을 두는 물고기 자세만으로도 별을 보기 충분하다
그 아래를 보라 문장의 바깥에 있는
때 묻은 나무 계단에 먼지 냄새나고 물고기 기침 소리 가랑가랑거린다
의자에게는 의자의 자세가 있고 의젓한 의지가 있다
의자가 있어도 의자에 앉을 수 없는 슬픔은 언제 오려나
까맣게 꺼진 화면 위에서 수납된 녹슨 표정이 녹아 흘러내린다

손을 보고 있으면 무슨 칼자국이 이렇게 많은지 난해한 질문들도 길을 찾지 못해 돌아다닌다

어둠은 어디에서 태어나 오는 것일까 손에 거울이 있어도 필요 없는 얼굴

누구를 보려 하면 자라목 길게 빼고 당신은 누구세요 오늘은 며칠이에요

굳이 대답이 필요한 것은 아닌데

여기저기 집을 찾는지 사람을 찾는지 초조하게 휘두르는 두 눈이 빨갛다

먼지처럼 부서져 내리는 햇살로 나뭇잎 다비식이 불붙는다

수분이 증발한 헝클어진 머리카락 바람에 날리며 힘없는 입 벌리고 먼 산만 한참 째려본다

오가재비도 잊은 지 한참이다

침묵을 찢고 침묵이 되는 고요한 땅 공기 맑은 고향이 손가락 미열로 남아 마음은 동심원

고민 많고 상처로 눈물이 자라는 사랑도 분홍빛 어색한 데이트도 그립다

해일이 빠져나간 몸 예의 없이 아무 곳에나 흘러내린다
새벽까지 읽던 생의 책은 바싹 졸아서 살타는 냄새가 난다
방파제도 없는 방파제와 시비를 붙는 습관까지 생겼다
책 속에 접힌 페이지들이 출렁출렁 파도치고 걷자고 하면 허둥대다 발등 찍는다
땡볕 더위에 잎맥만 남은 이파리들 시간이 더디게 흐르는 어둠 속으로 사라진다
박해자도 없는데 데린구유를 찾아 나선다
다 풀지 못한 과제 무수한 발걸음 좌우로 흔들리고
총각이라는 이름만으로도 이마 푸른 생일 같던 날들
책을 끓여 식힌 오늘 하루 감상은 푸릇한 잡초들이 한없이 싱그럽다
앉아있는 천재보다 움직이는 바보가 낫다는 말이 유일한 위안이라며

자라는 발

잠자고 있는 푸석한 골목을 빠져나와 맨발로 걷는다
맨발을 가리고 있는 건 양발도 신발도 아니다
눈을 떠야 된다는 생각 때문인지 눈 한 번 깜빡 떴을 뿐인데 몸이 흔들린다 공기의 흐름을 막는 것은 무엇인가 긴 숨을 한 번 훗후우우 내쉬어 본다 몸 안에 정지되지 않은 불안한 의식이 부서지고 있기 때문은 아닌지
발톱이 들리면서 여행을 시작했다는 말이 있다
내가 눈을 떠야 걷는 것이 아니라 하늘이 눈을 떠야 걷는다
파도치는 심장 소리 들어야 하니까 햇살의 쾅쾅 홍수 난 시간을 걸어야 하니까
할머니가 날이 다 단 낡은 호미로 땅의 등을 긁어주면 땅의 세상 날갯짓이 하늘 높이 향할 때 나무는 나무대로 나는 나대로 발이 자라나고 새소리 들린다
그 소리를 목구멍에 찔러 넣은 나는 배가 부풀어 오른다 어디서 나는 낯선 향기를 한 장 한 장 해와 함께 버무려 구불구불한 길을 가게 소스로 꺼내준다

나는 맨발로 오늘도 무작정 앞만 보고 걷는다
연애는 마시고 물은 씹는다 이상하게 듣지 마시고 죽고 나서도 죽고 싶은 사람도 있지 않겠는가 점점 우리 앞으로 다가오는 꿈들은 꼭 잡아 주세요 기회가 기회는 자주 오지 않아요
바람이 지나가는 사이로 장미가 핀다 장미와 장미 사이를 바라보는 사람도 붉게 핀다
하얀 드레스를 꺼내놓은 물의 심장 같은 이슬이 웃는다
종이 새를 접어 공중으로 날려 보낸다 겹쳐진 허공이 출렁이고 나이테를 그려 넣은 시간을 다독이며 우람한 나무가 말을 한다

막힌 곳이 제일 많은 옥탑방은 우리 발자국 소리 경쾌하다 소리 굽쇠를 잠시 사용하면 어떨까
고장 난 냉장고가 컹컹 짖는다
오늘은 내 이름도 버리고 내 생각도 버린다
선잠 털고 일어난 바람의 오기를 꼭 끌어안으며 창문 밖의 세계를 한번 생각해 본다

버스 종점에 버스가 한 대도 없다는 것을 아는 것은 하늘의 깊이로 파랗게 익은 별
막힌 것이 제일 많은 건 아빠 밑줄 붉게 그어 놓은 달력을 다독이는 아빠
망치질하던 어깨로 늦은 저녁을 덮고 허리를 접어
노천 샤워실에서 몸을 녹이는 아빠 발냄새가 젓갈 냄새보다 더 쓰다
하얀 물이 알몸 위에 쓰는 검은 연필 같은 고독을 나는 섬기기로 한다 세상에 울음소리들은 모두 문장이 되지 못하고 되새김질만 거듭한다
아 아기가
꿈을 꾸는지 배냇짓을 한다
아빠가 하품을 하면서 입을 털어 막을 때 이빨 빠진 하품이 튕겨 나와 창문 밖으로 날아가고
얼굴을 맞대고 잠든 가족들 발밑에 이끼처럼 몸을 납작 엎드리고 잠을 청한다
꿈속에서도 아빠의 발은 매일 자란다

내일로 가는 밤길을 가며

처절한 불꽃
천지는 붉은 핏물인가
내 안에 소리 없는 소리
핏줄이 호스를 타고 온 세상으로 빙빙 돌아다니다 어두운 바다에 사라졌다

온 세상이 어두운 구덩이로 가득할 때
하늘 속 둥근 외눈을 본다
아이 적 별이 쏟아진다 전설처럼
하늘의 작은 호흡들
끝없는 이야기들
한 줌 어둠까지 다 밝히려 물레를 돌린다
하늘엔 빛나는 게 너무 많다

나무도 풀도
미싱을 배우지 않아도 매듭을 풀고 매듭을 만들어 하늘과 땅의 향기로 발톱을 세운다

곱게 한복을 입은 어머니가 손짓한다
누가 누운 계수나무 그림을 세운다
엄마 엄마 토끼 소리도. 들린다

강물이 바다로 흘러가는 소리

마른 목에 냉수 한 컵 꿀꺽꿀꺽 넘어가는 소리
창과 나 사이에 쌓이는 달빛 별빛
하늘과 땅에 쌓이는 달빛 별빛

저것은 하늘 저것은 달 저것은 별
진창에 처박혀도 날개도 없이 맨발로 하늘을 걸어간다

길이 있어도 길이 없어도

뻘밭에서 눈알 불거져 퍼덕퍼덕 땀방울을 박음질하며
어두운 세상에 밝은 눈 하나 달라고 끝도 없이 어머니가 외쳐대면
어머니 눈 하나가 하늘에 박혀 뻘밭을 퍼덕퍼덕 발자국 찍으며 땀방울을 박음질하고 있다

어떤 목적이 있는 것처럼

어떤 목적들은 집요하게 다른 색깔들을 먹어 치웁니다
버성기며 향기를 내뿜는 마른 화병에 물을 줍니다
물은 장작 타듯 마른 흙에 달라붙어 스며듭니다

아침이 와도 새 세상이 와도 구름이 물결로 번집니다
별이 다 죽은 아침 새 울음소리도 들리지 않습니다
맑고 가벼운 아침의 무게를 느끼지도 못합니다
세상에는 차가운 뿔이 돋아났습니다
몇 일째 해가 뜨지 않습니다.
껍데기와 같이 태어난 바지락도 캐고 꿀과 사과도 따야 하는데
긴 황소 울음소리조차도 짧게 끊어지고 자취도 없이 사라집니다
지금이 저녁인지 지금이 아침인지 모릅니다
안에서 움직이는 것을 밖에서 움직이고 있습니다.

버터가 뜨거운 프라이팬 바닥에서 녹고 있는 것을 보고 있을 뿐
양동이를 안고 움푹한 바닥을 들여다보고 있을 뿐
하늘에도 땅에도 어둑한 마음이 펄럭이며 날아다니고 있습니다
이런 내 마음을 아침부터 빨랫줄에 동여 버리면 아무리 축축한 바람에도 뽀송뽀송하게 내가 마를 것인가 또 마르기 전에는 다각 삼각뿔 사각 원형 모양이 생겨날 것인가
축축한 입김 속에 허파 가득 우겨 넣을 붉은 아침은 언제 올 것인가
삼키고 먹어도 흘러넘치는 물방울은 시끄럽게 웁니다

가슴 가득 몸 가득 물을 꾸역꾸역 밀어 넣습니다
세상이 어둡고 우울합니다 침울하게 울지 않으면 살아갈 수 없습니다
나는 안다 내가 살 수 있는 방법을 모색하지 않아도
이 긴 이 짧은 가파른 호흡 일깨워 줄 존재를 또 일깨워서 아우성치는 존재를
강물만큼 범람하는 봄이 올 것이라는 것을 압니다

우리 아버지 어머니들도 수천 년을 세상을 날아다니며 일깨우며 살아내셨습니다
만남과 이별에 쓰이는 인사가 슬픈 것은 사랑하기 때문입니다
또 눈물이 마르지 않는 것은 사랑이 영원하기 때문은 아닐까
가슴 벅찬 스무 살 여자애가 어깨를 들썩이며 울고 있습니다
봄을 맞을 기쁨으로
하천이 되는 것도 강이 되는 것도 바다가 되는 것도 모두 하늘의 뜻입니다
오늘 아침 비를 단단히 움켜잡고 호주머니에 다져 넣어 둥둥 강을 바다를 헤엄치고 있습니다 세금 없는 부푼 봄 공기가 스무 살 여자애에게 말을 걸어옵니다 어제도 오늘도 천지를 둘러싼 꿈들이 모여 노래를 부르며 청소하고 있다고 또 말을 걸어옵니다.

나는 자연인이 되려고

때늦은 날 내 마음 읽어 본다
세상에 문 닫아거는 소리 칼 쓰는 소리
사방이 벽뿐이고 이곳은 감방이라고
가진 것만큼 구속하는
속이고 속는 돈 때문에 돌아버리겠다고
고독한 만큼 믿을 것도 자유로운 것도 없다고
사람이나 골목이나 집이나 기대하지 않는 게 좋아
바람과 물만으로도 포만감 가질 수 있는 세상이면 좋아
비릿한 어탁 냄새 없는 세상이면 좋아
해와 달 손바닥으로 퍼먹는 세상이면 좋아
비틀거리며 높은 경사를 오른다
헐떡헐떡 가쁜 입속을 헹궈내는 산바람에 녹차 향기가 가슴 속에까지 밀려온다
오르다 걸음을 멈추고 소나무 잎사귀를 씹어본다
또 바람을 토막토막 씹어본다
혼자 빗장을 풀고 혼자 빗장을 닫고
미친 듯이 울어도 좋고 미친 듯이 웃어도 좋다
혼자 있으면 둘이 있는 것보다 좋은 것들이 많다고
신록은 말한다
바다를 방으로 사용하고 싶은 나
산을 침실로 쓰고 싶은 나 바위를 책상 삼아 나뭇잎에 시를 쓴다
잡초 무성히 헝클어진 인정도 키스를 무수히 퍼붓던 사랑도 뇌에서 삭제시킨다

잠자던 자유를 찾아 내 안에 나를 찾아 하늘에 번져가는 하얀 구름도 삼킨다

사람을 탈출하는 것이 유죄라고도 하고 또 무죄라고도 하고 검은 먹물로 모두 지운다

누운 잣대를 세운 아버지가 두 눈 부릅뜨고 손짓해도
아내가 거친 바람 안고 구름으로 둥둥 떠다닌다던 당신
어지럽다고 힘들다고 찬물 대신 맹물 대신 독주를 찍어대더니
죽을병을 얻었다고 이제 아침까지 어두워졌다고
나이도 젊은 사람이 지팡이 짚고 느릿느릿 걸어 다닌다고
영혼까지 뽑혀 나간 사람이라고 서로 제 살 시끄럽게 비비다
화면이 멈춘 텔레비전 희미하게 응시하던 나
가족들도 비틀거리는 나를 묵인한 채 나의 모반은 시작되었다
새들도 우회하는 산으로 떠난다
안개와 놀고 있는 껍질 벗은 햇빛 이야기는 은밀하게 따뜻하게
산과 산을 흐르는 물은 청잣빛을 내며 울고
바람은 바람을 버린다고 울고
나는 나를 버리려고
온몸에 비늘까지 산속에 전입 신고하려고 간다
달빛의 낮은 조명등도 사색하는 방으로

죽음 앞에

비 오는 날 새가 죽었다

죽음은 죽음을 맞이하는 방식에 따라 무늬가 바뀐다
죽어가는 새
그 옆에 패랭이꽃이 피어 마지막을 지키고 있다
생사의 소용돌이 속 구겨진 마음 하나 들추어낸 것은
새도 새의 집도 아닌 보슬보슬 내리는 비다

두 눈이 덮이고 있다 죽음은 눈에서부터 신호가 오는 것일까
가벼운 깃털을 움직여 본다 바람이 죽을 깃털인 줄 아는지 조심
조심 잡아준다
그리고 미지근한 목소리로 말을 하려는 듯 움직인다
숲의 시간을 묶으며 기적에 골몰하는지 눈을 깜박인다

또 슬퍼하며 우는 건 새가 보이지도 않은 곳의 시냇물은 아닌지
물은 세상 모두의 편이 되어 기뻐도 슬퍼도 울어준다
말로 싸움하듯 멈추지 않으면서 좋은 말을 하고 노래를 부른다
한 모금 물로도 사람을 살리고 동물을 살린다
물의 성전은 항상 장중한 음악이 흐르는 제단
죽음 앞에 오늘 하늘이 조용한 눈물을 흘리고 있는 듯

새의 피는 날개가 아닌 새의 발목에서 났다 두 발이 묶인 것이 화근이었을까
새를 파는 이들이 왜 발목을 묶어 두는지 조금 이해될 것 같다

새가 가벼운 꽃씨를 쪼아 먹었는지 알알이 목구멍을 통과하지 못해 입안에 머금고 있었다
목이 벽이 되어 죽음을 예시해 준 것일까
입안에 번지들을 찾지 못한
검은 그림자들이 캄캄한 극장 안 같았을 것이다 극장 내부를 비추듯 몸속에 선명한 초록색 비상등은 없었는지

몽골이나 위구르족 어디에서는 사람의 시체를 새의 먹이로 절벽에 던져 준다는데
죽은 너를 나뭇가지에 올려두면
친구들의 노래도 듣고 생을 건너가
바람으로 영혼으로 가벼운 깃털까지 다 버릴까

바람을 따라 날아가는 새의 깃털이 허공을 흔든다

모래 위의 죽음

우연히
정말 우연히 남자가 미쳐 날뛰자
구급 대원들의 손에 이끌려 집을 떠났다고 했다
남자는 머리칼이 헝클어지고 얼굴이 험악하게 변했다고 했다
그 남자는
바닷가 백사장 위에 반듯하게 누워 있는 한 여자를 보고는
몸도 마음도 조용해졌다고 했다
해변 백사장은 무수한 눈들이 웅성거렸고
지나친 호기심은 붉은 줄로 금지구역을 정해놓고서 조금 진정되었다
그때부터 아무도 죽은 여자의 곁으로 갈 수 없었다
이따금 바람은 붉은 줄을 흔들고 지나갔고
힘없이 늘어진 여자의 머리카락까지 뒤집어 놓았다
남자는 멀리서 그 여자를 바라보고 있었다
모래가 마치 소중한 물건이거나 한 듯 언약이기나 한 듯
손으로 아무리 쥐어도 흩어지는 모래들을 꼭 쥐고 굳어 있었다
죽은 듯 죽지 않은 듯

목숨의 깊고 넓은 전쟁은 끝났고
숨을 쉬지 않아 모두 빈자리였다
아직은 무거운 몸까지 빈자리였다
지구는 돌고
잠옷을 외출복으로 걸친 남자는 눈을 다 감았고
눈과 코와 입과 몸을 하늘로 향하는 여자는 꿈을 꾸는 듯 배시시 웃는 듯 가만히 누워 있었다.
산 그늘에 이따금 베어진 얼굴과 몸이 둘로 나뉘기도 했다

사람들이
여자를 데려가고
그 여자의 남자도 사람들을 따라갔다

남자의 검은 눈에 옥색 옷 입은 그녀가 들어와
두 눈에 꼭꼭 씹힌다고 사막 위의 모래바람이 불고 있다고
사방으로 부는 바람의 통증까지 느낀다고
여자는 죽어도 죽지 않았다고 했다
비단 같은 노을을 향해
굽이 높은 구두를 신고 걸어서 오고 있다고 하며 남자는 긴 숨을 꿀꺽 삼켰다

나는 걸승

자승은 불타 죽었다는데

나는 거지다
공손하게 합장하고 마주 앉아
지나가는 사람들을 향해 규칙적으로 절을 한다
옷은 여기저기 찢어 붙인 누더기 때 절었다
흑백으로 갈라지는 길들이 뒤섞인다
두 손을 모아 합장한 내 얼굴이 어둡다
기도했기 때문이 아니다
앉아있을 수도 없이 먼 윤슬이 흩어지기 때문이 아니다
신은 구두는 밑창이 터져 움직일 때마다
메기 입 벌리고 돈 달라 밥 달라 소리친다
거머쥔 손에 미지근한 목탁 소리 쌓인다
내가 먼저 발우를 놓고 기다리는 동안
너는 달그락 동전을 던지고
너는 달그락 돌을 던지기도 한다
시간은 똑딱똑딱 발우를 돌아 배고픈 나에게
점심을 알리고 저녁을 알린다
빈 발우 안쪽에 햇살이 가득 차오르고
낯선 향기도 한 장 한 장 쌓인다

높은 담장에 머리 내민 장미도 나에게 입맞춤을 던진다
나의 화두는 두 호주머니 속의 심연
길과 길 사이를 채우는 가랑비가 젖은 곳으로 걷고 있을 때
동전이 칼을 가는지 쇳소리 꿈틀거리고
지혜의 칼은 어디에 있나 또 있기나 한 것인가
우리는 마주 보고 있지만 서로 위험하다
끝까지 서로를 모른 체하고 등을 돌리고서야
젖은 신발을 벗다 빛을 확인한다
옆구리 어디 쯤에 쭈그리고 있던 마음이 저녁을 지나간다
길이 부풀고 검붉은 나무바가지엔 깨어진 얼굴들이 가득하다
목이 마른 길 끌어안고 있는 거지도 세금은 내야 세상의 시간은 돌아간다 하고
나는 매일 공염불로 혓바닥이 마르고 버썩거린다
나는 젖은 길을 걷는 걸승傑僧

신명 나는 산사

탕탕 종을 친다
후두둑 새 한 마리 하늘로 날아간다
막이 오른다
지붕 밑 처마 모서리에 매달린 풍경 속의 마른 물고기가
허공을 날아다니며 너울너울 춤을 추고 노래를 부른다
구경꾼 같은 바람은 돌아가고 돌아오고 달빛이 분분히 날린다
거대한 무대는 하늘 소극장은 대웅전
신도들은 아무도 없고 관객도 없다
주름으로 얼룩진 노스님
머리카락도 없는 머리로 법당 바닥에 답답하고 고달프다고 이마를 박는다
예불에 동참하는 이들은 종이 다른 어둠 속의 귀뚜라미 몇 마리
그리고 불상 뒤에서 입으로 허공 속의 길을 만드는 거미 몇 마리
미로 속에서 공중 곡예를 한다
질서가 종교가 문학이 밥풀처럼 뭉쳐진다
목탁 소리 알 수도 없는 먼 허공까지 울린다
하늘을 덮고 땅을 덮는다
온 세상이 하얗다

바람 앞에 몰려나온 은행나무 잎사귀들
천년을 떠돈 우람한 기도 소리 죽었다 살았다 한다
철없이 낄낄대고 해해거리는 보름달은 조무래기가 되어 뛰어다닌다
이까짓 하룻밤 어둠쯤이야 발버둥 친들 어떠리 달빛이 중얼거린다
노스님도 따라 중얼거린다
나는 처음부터 혼자였어
두 개의 호주머니는 모두 빈 구멍뿐이야
눈을 깜빡거리며 나도 똑같은 사람이 될 줄 알았겠냐 말이 눈에서 뚝 튀어나온다
껍정이 같은 노스님 응응 신음을 한다
공양미도 불전도 안 나오는 염불 따위야
법당 한구석에 처박아 두고
계단을 옆으로 걸어 내려온다
노스님은 점점 지 혼자서 신명이 난다 옛날 노스님들은 법당에도 안 가고 상좌가 예불을 대신 올렸는데
한 다리를 들면 고갯짓을 하고 두 어깨가 좌우로 춤을 춘다
상좌도 없는 노스님은 혼자라서 암담함을 즐긴다
풍경소리 산새들 울음소리 귀뚜라미 울음소리 합동 공연을 한다
텅텅 빈 산사 법연으로 점점 신명이 난다

2

내 마음의 봄

내 마음의 봄

금비늘 은비늘 빛살 좋은 봄
하늘의 가슴
산의 심장
나무의 눈이 들어
별빛도 달빛도 들어
파르르 몇 그램 치 산이 걸어온다

호객하는 나뭇잎들
오늘 나는 생각하는 사람이 아니길
누구도 무엇도 아니길

도시의 끝
막창까지 허물고 오르고 오른다
한평생 주름만 파인 하류를 떠나
상류로 상류로
가물가물 거침없이 세상 버텨내는 뼈대가 있는 산을

금비늘 은비늘 빛살 좋은 봄의
정상이다
상봉이다
아리고 쓰라린 코끝에
봄바람이 분다

새 눈 초점
새 눈빛 맞춘다
아프게 찔러오는 갈등의 비린 나날들
하늘과 땅이 대못처럼 내 몸 깊숙이 박힌다
봄의 중심을 향해 서 있는 내 모습

내 마음의 봄은
내 안의 또 다른 세상

삼월이 오면

오는 삼월이면 내 마음 더 어려지고
춥고 높은 발음들은 살랑살랑 부드러워진다
지평선 꼬리마다 어린 호기심이 어슬렁거리고
뒷문도 앞문도 들어서면
풀 향기 꽃향기 어울려 서로 칭찬한다
세상 어디에서도 힘들다는 단서는 있지만
오고 또 오는 삼월이여
밖으로 나오려는 것뿐인 줄 알았는데
안으로 들어가는 것뿐인 줄 알았는데
그것도 모두 흘러가는 것들일 줄 몰랐는데
견딜 수가 없네
기웃거리는 시간의 모든 그림자까지 견딜 수가 없네

휘 굽었다 뿌려 놓은 햇빛 좋은 날은
누군가는 허파를 부풀리고 치맛바람 부는 허점을 들춰내고
색깔 고운 옷고름 잡아당겨
비단 감싸 놓은 여린 살결
붉은 꽃 빛 불타오르는 이런 계절 뒤쪽에는
아가씨들이 부풀어 오르는 기류가 있다
삼월이 오면
가슴속 줄줄이 문 두드려주고
창고 깊숙이 꽃잎 꺼내 울컥한 마음
참 시리고 따뜻하다
오그린 손가락 펴며
나지막한 봄바람 몇 개 봉우리에 심어
떨어진 꽃잎이 슬쩍 씻겨준 파란 열매가 달려 있다

봄의 함 소리

실밥 터지는 소리 들으며 봄을 읽다

겨우내 나뭇잎으로 덥힌 가슴
몇 달을 품었을까
기어이 쏟고 말았다
가쁜 숨 한 번 두 번 서툰 몸짓 비상을 한다
하늘의 하얀 눈을 속옷처럼 걸어놓고 강보를 펼쳐
장차 태어날 아기 몸에 덮을 준비를 하는지
계곡이 깊고 좁아져 길이 끊기고 돌아갈 길 찾기도 한다
오지에 와 있으니 세상은 잠잠하겠지
길 끊겨 길손 끊겨 침묵하는데 분란은 구두 속에 있는 것이 아니라 발목 속에 발바닥 속에 힘을 모으고 있으니 바람구멍 찾은 물도 해도 발끝에 힘을 모아
열심히 몸을 끼워 넣어 봄을 향해 길을 가고 있다
때론 실밥 터지고 온몸 뒤뚱거려도
바닥을 탈탈 털어보면
오늘 하루도 거품뿐이었다고 고백하면 될까
인정도 사정도 모르는 계절 세상이 온통 눈물로 흥건하다.
구름도 산도 길손 끊게 침묵하고
한점 혈육 같은 봄바람만 망설임 없이 부풀어 올라 부대끼는 웃음소리 울음소리 낭자하다

찬바람 쫓아가는 바람이 분다 찬바람 쫓아내는 바람이 분다
새날이 오면 봄날이 오면
나도 모르게 입이 시끄럽고 나도 모르게 몸이 시끄럽고 꽃잎까지 시끄럽게 피고 시끄럽게 떨어진다 풀 향기에 꽃향기에 얹혀 있는 하늘 냄새 땅 냄새
미카엘 찬사도 악마 디아블로도 비구름 몰려 있는
한쪽 귀퉁이로 날아와 마음껏 뛰고 펼치고 싶었는지
입담마다 사통팔달 캉캉 소리를 내지른다
잔기침에 잠 못 들던 하얀 설산까지
햇살이 손끝 발끝으로 그리는 화촉에
단단한 얼음도 이제 부드러운 먹 가는 소리 사성 쓰는 소리
졸 졸 졸 미끄러지고 졸 졸 졸 흐르고 캉캉 소리가 난다

편鞭 끝으로 빗장을 열어 준 대문 함 파는 소리 시끄럽다

무거운 몸 배를 추겨 펑퍼짐한 옷을 입고
엄마가 알뜰히 키운 스물하나 풋풋한 내 얼굴 내 가슴
참새처럼 놀고 있는 동생들은 내 배에 실밥 터지는 날을 모르겠지

옛날, 옛날을 그리는 찔레꽃 축제

눈을 감는다
눈을 감으면 마음이 달려가는 곳이 있다
잘려져 나간 시간 위로 쌓이는 발자국 소리 듣는다
눈을 감는다
마음이 메말라 하얀 찔레꽃 차 한잔 마신다
먼지 냄새에 만취해 달리는 소 발걸음 부산하다
징이 운다 막이 오른다
씨줄과 날줄로 엮인 삼베 짜는 소리
베틀을 짜세 베틀을 짜세
몽당연필 한 자루 같은
옛날 옛집 그 돌담길
비슷한 사람이 모여든 가설무대의 찔레꽃 음악회
똑같은 말을 하는듯한 염소 울음소리 시끄럽게 들린다
삐죽삐죽 상추 나오는 자리에 비가 내린다
꽹과리를 앞장세워 집집이 돌면
따라붙어 악을 쓰는 동네 쪼무래기들 신명 난다

어디든 누워서 잠들 수 있는 자리면 봄꽃이 핀다
낯익은 편지 같은 작은 발자국들
여기저기 콕콕 찍힌다

무릎에 묻었다 얼굴을 드는
분이 볼이 빨갛다

반듯이 늘어진 시간 위로
낄낄거리고 해해대는 해를 꾹꾹 담아
온 동네에 파 널면
한 움큼씩 끼워 넣는 찔레꽃 봄 축제 마당에
차황면 금포림 숲 사이로 들리는 은은한 새소리를 회귀라 부르리라

용이라는 그 녀석
담벼락에 붙은 처녀애를 덥석 안는다

점점 더 신명이 난 사람들 고갯짓 어깨 짓에
노래 부르는 장사익도 저녁 산도 목이 쉰다

나비

귀한 이름
나비
두 쌍의 날개가 있다는 것을
너 아니

깊은 산속
나비 한 마리
고요하던 풀꽃들이
떠들썩해진다
오직 나에게로 오라고

색깔
모양
동맥과 정맥의 떨림

그러니까 너
아주 오래전부터
날아오고 있었던 거지
수런거리며 나에게로

금세 시 한 편
뜨겁게 핀다
꽃잎 속 떨림

능소화

눈꺼풀 위로 쌓이는 생의 출렁임 잔칫날
꼭꼭 숨겨둔 붉은 문장들을 피워 올리면
어두운 담장 밑까지 환해지면
꽃 사이사이 빈 곳까지 아름다워지면
흙을 겹겹이 뒤집어쓴 지렁이도 기어 나와 우쭐거린다
제각기 한줄기씩 허공을 타고 올라
대문 밖으로 향한 기다림이
소리도 없이 기웃 기웃거리는 붉은 꽃이
하늘에서 내려오는지 땅에서 솟아오르는지
여인은 여인답게 꽃은 꽃답게
가슴속 깊이 간직한 붉은 나팔을 꺼내
꽃잎마다 더 강해지고 싶은지
가슴마다 더 강해지고 싶은지
속수무책 붉은 속울음 엉엉 우는지

대문 밖도 대문 안도 흥건해진다
여러 날 운 고운 여인의 흔적들
세상의 고달픈 비바람에 시달리면서
꽃잎답게 여인답게 고귀한 인품인 듯
그나마 느긋하게 그나마 느릿느릿
꽃이 지고 꽃이 피며
대문 안에서 대문 밖에서
붉은 눈물을 흘리는 여인은
줄기 목본 수 금등화 꽃매화라고도 하지
능소화여 능소화여 떨어지고 아무리 떨어져도
돌이켜 다시 피어나는 네 열렬한 사랑의
매일 매일 쓰는 시가 그렇게 붉은 눈물로
대문 안팎을 계속 적시는 중이다
무더운 여름을 식히는 중이다

포도

동네 앞
나지막이 포도밭
강은 푸르고 먼바다엔 파도 소리 들린다

문을 닫아건 포도밭은
따뜻한 농부의 체온이 전해지면 덜컥 문이 열린다

이파리 속에 이파리 포도 속에 포도 모두 욕심이 많아
어둠에 뿌리를 묻은 그늘들이 수도 없이 자라난다

신에게 예물로 올리기도 하는 네 포도는 신의 계시를 받아 일제히 주렁주렁 물구나무서서 달이 몸을 흔들 때마다 수화도 한다 봄에는 화사한 꽃을 바치고 여름엔 열매를 바치려고

농부의 검은 손바닥을 나뭇잎처럼 얇게 펴면 숨소리마다 노래가 흘러나온다
사랑을 잃어버리면 모두 아무것도 아닌 것들 휘감아 도는 물결이 빗금무늬를 만든다

포도는 일 년이 한평생
평생을 바친 열매는 알알이 뭉쳐서 기도하며 하늘을 섬긴다 자연을 섬긴다

노을 한층 툭 자르면 산 너머 멀리 떠난 포도를 심은 아버지 어머니가 보인다

신에게 올리는 음식도
가족이 먹는 음식도
도마 위에 먼저 올려 다듬던 어머니
아무리 칼을 맞아도 끄떡없는 도마도 어머니 같다

날이 파랗게 선 하늘에 해와 달이
포도밭 속에 어둠을 싹둑 자르고
둥지 속에 어둠까지 다 자르고 나면
포도는 한 알 한 알 다 익는다

포도가 신맛 단맛 사람들의 혀끝을 자극해
산에서 강에서 바다에서 성대한 제단에 올려지면
인자한 어머니가 그림자처럼 일렁인다

한 알 한 알 혈육들이 따닥따닥 붙어 있는 포도송이는 굴곡진 꼭짓점도 없는 화목한 가족

은행나무

오늘은 유난히 날씨가 투명하다
어젯밤에 누가 치수를 재어 먹이고 입히고 씻기고 잠을 재우고 했을 것이다
천년만년 살아남아 누가 풍년과 건강을 기원했을 것이다.
사백 년 넘은 도동서원 은행나무 우듬지는 가장 높은 가지에 달이 걸리면
달이 지아비라고 생각한다.
뒷산에 뿌리가 뻗은 그 은행나무는 혼자 지아비를 섬긴다

은행나무는 꿈이 많은 은행나무는
새가 세 들어 사는 집이라는 것도 모른다
꿈이 많은 아이가 은행나무에 오르고
꿈이 많은 새가 은행나무에 오르고
그래 벤치가 필요한 시점에는 매미의 벤치가 되어 주지
그래 또 짜장면 짬뽕은 누구 앞에서든 고민 말고 나를 절단해 달라고 큰소리친다
걱정 많은 늙은 은행나무와는 다르지

줄을 길게 선 가로수 은행나무는 세상에 나온 젊은 청춘 남녀들
진짜로 좋아하는 이성은 저 멀리서 다른 남자와 노닥거리고 있는지
눈짓 손짓 몸짓 온갖 짓까지 다 하며 반짝거린다

속에 바람든 잎은 팔랑팔랑 약한 바람에도 눈깔이 빠지기도 한다
결국 환경미화원의 쓰레기통에 들어가 농도 짙은 눈빛도 사라지겠지만
나무도 모르는 저 잎도 가지도 하나 없는 빌딩 나무그루들은 어디에서 왔을까 달에서 왔을까 아니면 몇만 피트 높은 창공 어디에서 화살표로 왔을까 나무도 아닌 너 때문에 잉태한 가을의 소리가 귀를 대도 들리지 않는다니까

사랑하는 은행나무는 달의 말을 하고 별의 옷을 입는다
남자는 눈을 지그시 감고 여자는 입술이 파르르 떨리기도 한다
해를 따라 와 달을 따라가는 오래된 뒷산 은행나무는 보고도 못 본체 듣고도 못 들은 척 하지

감악산 월여산 연수사 미묘사 거느린 천 년 넘은 은행나무는 빌고 빌지
지아비 달이 오라고 자자손손 대를 이은 은행나무들이 잘 자라고 행복하라고
바람이 불어도 비가 와도 눈이 와도 천 잎 만 잎 울고 또 웃지

파초

이국에서 온 파초는 새집 짓자
파란 줄기를 세운다

사과 같은 해가 뜬다
생을 향해 말을 거는 해를 긴 잎사귀로 부른다

녹색 피 심장이 부푼다
하늘과 땅에 들끓는 바람을 태우며 파초는 파초를 꿈꾼다

맨발로 떼걱떼걱 뛰는 바람을 대나무 발에 담고 트롱을 치며 하늘 한 쪽 귀에 건다
무엇을 먹은들 이리 배부를까 잠잠한 허공에 불끈대는 푸른 밥심

하늘에 구름 한 점 없다
잎 잎마다 어둠을 깨워 검푸른 낯빛 세운다

별을 가슴에 담은 파초는 바람에 멱살 잡혀 흔들려도
푸른 맥 짚고 솟아오른다

고여 있는 생도 몇 년 몇 달 물고 트면
쪽빛 하늘을 끼워 청아한 말을 한다

파초는 꿈꾼다
수척한 겨울을 지나 가난한 봄을 지나
허리가 휘도록 햇살 한 짐 지고 여름에 꽃필 날을
반지하 쪽방에서
귓불 붉은 나이 새파란 스물한 살 워킹홀리데이도 전문직도 꿈꾸는 나는 파초

나무가 없는 풍경

바다에 주소가 없고 파도에 등대가 없다
나무에겐 번지를 포크레인이 만들기도 하고 지우기도 한다
끝없이 헐떡거리다 끝없이 울렁거리다 끝없이 울었다
농사였다 척박한 것을 모르는 농부의 경작법이었다
이제 가축의 비탈진 발굽이 부서지고 황소의 부르짖는 눈과 귀 입이 닫혔다
오늘은 허리가 굽은 농부 같은 포크레인이 등고선 하나 통째로 먹어 치우는 날
파도 소리도 들리지 않는다
포구의 뼈를 따라 제 눈 갉아 먹으며
뭉쳐지지 않는 바람과 헐떡거리는 섬과 울렁거리는 파도 갈매기를 찾는 바다의 시선
검은 독수리를 쫓는
히말라얀 테이트 베이스는 삼일 연속 톱뉴스
기어가도 여전히 애벌레 주름처럼 길을 가고 산을 오르는 일이 여전히 되풀이
인간을 위해
능선에 계곡에 길을 심다 떨어뜨린 말라비틀어진 나무뿌리도 많았다
가파른 계단이 의자로 배치되어 있다
한 줌의 빛을 들고서 더 사납게 울부짖고 사람들
안광이 번쩍 눈을 뜨듯 부활하라 다그치는 새로운 세상이여
새로운 사람이여

핏발선 별자리들 하늘에 떠도는 별이 너무 많아
지평선도 잠들지 못해 눈이 붉다
여기서도 울고 저기서도 울고
분분히 하늘도 땅도 부서진다
우주에 바퀴를 굴리면 모서리도 원이 되는
한 줌의 바람을 들고서 두드리는 낡아 빠진
무명의 새들은 깊은 바닥 쿵쿵 울리면서
새들의 언 날개가 분분히 부서진다
흙먼지는 바람의 먼 모래사막
오라 그리운 꽃은 어디쯤에 오는 걸까 언제쯤에 또 피는 걸까
낮은 산 붉은 꽃 분분히 날아온 붉은 속옷
옷은 무늬가 없는 넓은 주머니로 되었다
삼월 어느 날 알록달록한 일기장에
척박한 것도 기름길 찾는 법도 모른다
청록색 하늘이 얇아지며 새가 노래를 부른다
제 몸 어딘가를 허물어 벌레들도 눈을 뜬다
하얀 피 묻어나는 눈보라에도
깊숙한 문 여닫는 소리 삐걱대어도
그 집 아이 배내옷 입기를 바란다
진주 구슬을 닮은 햇빛이 몸을 펼치기를 바란다
화색을 입고 묵상에 잠긴 오늘의 데이트코스는 디저트가 없는
진달래꽃 맛이 나는 침대면 얼마나 좋을까

여름을 어루만진다

마을이 그늘을 꺼내놓는다
병풍처럼 늘어선 나무들은 이 마을 마지막 행렬일까
아코디언을 부는 매미도 있고 숨어서 나팔을 불며 응원하는 새도 있다
한 마당의 분위기는 출렁이며 흘러가는 바람 소리
세파는 출렁이고 물결치고
돌돌 말려 나오고 말려 들어가는 나뭇잎의 모습은 웅크린 시간의 무늬들인가
고물고물 끌고 가는 힘과 버티는 온도가 합하면
여름은 봄을 뚫고 나와 꺾기거나 부러지지 않고 줄줄 흘러내리겠지
이때부터 불통은 없다
불통이 있다면 한없는 더위의 폭군이겠지
머리에 지붕을 얹은 얼굴을 바라보는 일은 종종 얼굴에서 차가운 냄새가 난다
후박나무 오동나무 느티나무 모두 손금이 있었다

마을이 어둑해지도록 찾아온 숲은 단맛과 맑은 맛이 나는 무명의 동풍이거나 동경이지
어머니가 내 허리를 감싸 내 옷을 만들었다는 걸 도무지 알 수 없었고
혈기지용 동네 사람들이 모여든다 그때 어머니가 없는 어머니 말을 듣는다
무엇이든 어머니는 만들었다 나를 위하는 일이면 모두 다
할머니의 늘어진 가슴 같은 느티나무을 찾아
한 번쯤 젊은이들의 얼굴을 빌려 쓰고 싶은 납작한 할머니가 세월의 파도 속에서 멈추지 않고 내쉬는 숨소리를 쿡쿡 찍으며 날이 너무 더워서 집에 있을 수가 있어야지 하고 말을 한다
청춘의 주소는 웃음이거나 여름의 건기를 없애는 빗방울이겠지
마을을 지키는 느티나무는 미사포를 쓰고 그늘 주머니를 만들어 한낮의 폭염에 대비하고 있는 듯 코스 요리를 즐기듯 느티나무 밑에 서 있는 사람들 앉아있는 사람들
어떤 깊은 마음이 저렇게 가만히 잡아 두었을까

세상에는 분명 돌아오는 날 없는 것이 불행
옷도 나도 옷도 사람도 어울리지 않는 곳에서 서로 어울리고 있다는 것도
알고 보면 날개 달고 긴 숫자를 넘기고 있는 시간이 주인이라는 것
늙은 소처럼 어슬렁거리는 골목도 마을도 주인이라는 것
그러나 흐르는 물속을 바라보면 나를 씻겨주는 손이 있다
뭐든 여름은 설산을 돌아 나온 물의 기류에 부유하고 있다
모든 아픔들은 느티나무가 견딜 수 있다
얼간망둥이 같은 사람들도 긴장을 벗겨내며 큰 나무의 밑에서 몸속에 불타오르는 열을 조금씩 허물어 가고 있는지
태양이 꼬불꼬불한 불꽃 수염을 달고 세상을 어슬렁거리고
밖으로 나오려는 울음과 안으로 들어가려는 울음이 모여 하늘에 구름이 만들어지면
구름은 숨소리를 천천히 풀어 번쩍거리는 햇빛의 카메라가 황량해지도록
하늘이 한 가닥 두 가닥 비를 뿌리겠지
여름을 어루만지는 느티나무 한 그루 온 마을 주인으로 지내고 있는 듯

마로니에 한 잎

마로니에를 보라
소문이 먼지처럼 굴러다닌다
불가사의한 이야기를 내 방에 걸어보자
늙고 병든 뒤에는 모양도 제각각인 마로니에를
하늘을 향해 커가는 백 번째 천 번째 마로니에 잎을
나뭇잎 문서 사전은 파란 많고 푸르다
지구의 먼 편으로 돌아가는 해의 손발에
해와 달의 망치질 소리 요란하다
안과 밖의 통증으로 그려진 색깔은 더 요란하다
나무에 붙었다 가지에 붙었다 생략까지 한다
책을 끓여 식힌 감상을 붉은 눈시울 적시며 쓴다
안녕이란 이별은 모양도 제각각
맺혔던 눈물 몇 방울 떨어지고 태어나고
죽은 나뭇잎이 땅에 붙어 헐렁헐렁 끌려다닌다

숲을 보라 숲이 없는 숲을 보라
풀과 나무의 집에서 가지고 온 마로니에 잎을 보라
꼬리는 태양의 반대쪽으로 자랐는지 끝은 뾰족하며

긴 손가락은 일곱 개
터무니없는 일이 신화를 창조한다는데 아마도 그럴 것이다
모든 사람이 밤은 밤대로 낮은 낮대로 바쁘단다 바람의 일종인가 며느리고금[1]인가
오늘 밤 창문을 열어보면 달의 무늬가 별의 얼룩이 몸속에 스며들어
보이지 않던 하늘이 보인다 보이지 않던 우주가 보인다
좋은 일은 좋은 일 꾸미지 않아야 한다
나뭇잎은 무게를 느끼지 못한다
나는 마로니에 한 잎 벽에 걸어놓고 풀과 나무의 집을 생각한다
세탁기 안에 돌고 도는 와이셔츠도 잠옷도 나를 배신할 수 있다
세탁기 안에 돌을 넣고 돌리면 세탁기가 폭발할 수도 있다
세상에서 가장 안전한 것은 수억 년 지구를 도는 별들일까
어제도 오늘도 내일로 가는 우리들
새벽을 열고 죽을 듯이 타오르는 일출 마지막 숨을 쉬는 황혼
마로니에 나뭇잎 하나 걸려 있는 내 방
마로니에 아랫눈시울에 나는 좌정한다

1) 며느리고금 : 날마다 앓는 학질. 축일학(逐日瘧).

구름의 산책

환상적인 날씨다
하늘에 거꾸로 매달려 걷기에 나는 줄을 당겨 물을 기른다
간신히 기어 나오는 웃음과 울음 나뭇잎 사이사이 검은 하늘
봄날의 생사가 움찔대는 시간
하늘에 천사 같은 아이들이 따라붙어 나팔을 분다 모두 같은 편이 되어 너는 내 손을 잡고 나는 네 손을 잡고 타인은 없다 내가 죽은 척을 하면 너는 나를 끌어안는다
서로의 등 뒤에서 깍지를 움켜쥔다
어둠을 길어와 하늘에 쏟아붓는다 물동이를 인 구름이 모여든다 장한 청년들이 청순한 소녀들이 모인다
까만 눈들이 걷는다 검은 새 흰 새도 모두 걷는다 부산한 소리가 난다
구름은 구름마다 맛이 다르다 사람은 사람마다 책은 책마다
잠시 쉬어가는 노랫소리가 들린다
폭죽처럼 부푸는 상상들 함부로 허공을 꺾지 말라는 경고문들 바람이 발톱을 세우고 세상을 흔들다 파고들어 까만 눈을 찔렀다 눈이 눈물이 될 때까지 눈물이 흔들린다 손톱에 짙은 물방울을 튕긴다 경건한 하늘의 품에서
압력밥솥 김빠지는 소리가 폭죽처럼 터진다 하늘에서 녹는 바다 망망대해 죽은 정적을 팽팽하게 당긴다

여자와 남자가 어깨를 부딪쳐 입을 뗀다 어머 어쩌지 눈감고 어찌나 핥아줬는지 얼굴이 발갛다 봄꽃 모양 모두 앞발을 들어 봐 어깨를 부딪치며 노래 불러 봐 그리고 서둘러 앞집 대문 옆집 대문 뒷집 대문 두드려 봐 산책할 시간이라고 말해

불을 뿜는 매서운 눈초리로 짙은 약속을 죽어도 함께 죽자고 얼떨결에 한다

귀를 비비다 얼굴을 꼬집다 무기력한 뺨을 후려친다

졸고 있던 푸석푸석한 골목이 눈을 뜬다 정적을 깨고 주먹에 움켜쥔 맑은 샘물을 뿌린다 새가 날개를 비비는 소리가 난다

할머니가 아랫목에서 등을 노글노글 지지다가 창문을 닫는다 속살이 부드러운 물방울이 무거운 쉼표로 떨어지고 구름이 혀끝으로 돌돌 말아 올린 쫀득쫀득한 냉기가 날아다닌다 긴 하늘의 발자국이 바람의 속도로 줄을 선다 아무도 선택할 시간은 없다 하늘에 맺혔던 울음소리 태어나고 죽는다 야생의 길들지 않은 하얀 물의 노랫소리가 폭포 소리 같다

부풀어 올랐다 쉽게 꺼져버리는 파티의 여흥이 줄기에 가지에 맺힌다

폭포선 도시에 아스팔트와 건물들이 비에 젖어 초라하다

힘을 뺀 긴 숨이 메마른 땅에 입김을 불어 넣는다 머리를 숙인 풀도 나무도 새도 날개를 편다 간간이 나오는 여인들의 다정한 수다 소리 하늘로 날아오른다

녹녹해지는 땅의 살점들이 점점 부풀어 오르고 죽은 듯 잠든 세상이 눈을 뜬다

너와 나 기뻐도 슬퍼도 모두 한 편

그리움

눈을 감아도 보이는 곳
그곳에 낙엽이 쌓인다
바람 소리 물소리 들린다
예쁜 이름 정화 내 안에 들어와 크고 있다
끈적끈적 엉겨 붙는 속삭임이 내 심장에 들러붙었다
조바심 따라 부는 바람이 몸에 짙은 피로 뭉쳤다
몽상가의 선녀 그림 한편이 천지에 둥둥 떠다닌다
시간이 가고 있는지 시간이 오고 있는지도 모른다
너의 버릇에 너의 행동에 나를 모두 기대었다
소리도 없이 천둥 치는 네 말에 귀먹는다
허공이 고요히 흔들리고 천 갈래 만 갈래 네 향기가 세상에 가득하다
이별이 발톱을 세운다 너는 없어도 내 옆에 있는 사람들보다도 똑똑히 보인다
꿈에서도 너를 만날지 몰라 꿈조차 두근두근 그립고 그리운 만큼 무섭다

내 마음 날마다 날마다 눈뜨는 파란 아이비 넝쿨무늬처럼 뒤엉킨다
여기저기 헝클어진 발자국 꾹꾹 찍으며 눈과 발이 태어난다
하얀 햇살을 꽂고 아지랑이 울렁대는 허공에도
어둠이 간간이 내리는 밤에도
네 얼굴이 내 심장을 쿵쿵 짓밟는다
검은 뿔테 안경이 아득한 하늘에 별이 되어 둥둥 떠다닌다
희미하게 보이는 동그란 네 얼굴
천지에 가득 찬 무성한 계절 부풀고
사무쳐 가루가 된 내 마음
죽은 듯 산 듯
세상을 다 버려도 나를 다 버려도
서릿발 같이 파고든다

노을

해의 동그란 팔다리 어깨 얼굴

모험을 즐기는지

진다는 말 대신 핀다는 말을 하고 있는지

아니면 초경을 치르는 듯 펑펑 터지는 붉은 자궁

빨리 오라 하고

못 간다 하고

남정네들 유혹하는 황홀한 자태

누구든 무엇이든

그녀의 발밑에서

비릿한 고백을 하는데

고독한 것인지 무심한 것인지 아니면 행복한 것인지

온 세상 환한 저 붉은 웃음

빨래

비누 속으로 녹아내리는 세상
검은 속 검은 내의로 무엇을 만들 수 있을까
두드리고 두드리면 물길이 하늘로 열릴까
오래전 전설이 있는
돌아오지 않는 슬픔을 삼킨 시달리고 나부끼는
바람 소리가 휘파람을 불고 있다
검은 하늘이 검은 구름이 허리가 구부정한 도시가
내 속에도 내의 속에도 있다
하늘에 구름이 새로운 세상을 만든다는 건 알고 있겠지
엄마가 빨래를 빨 때마다 앞산 뒷산이 노래를 부른다
천지가 잔잔하고 천지가 들뜨고
세상에 모든 숨소리는 둥근 물방울이 날아가는 소리
나뭇잎들이 풀잎들이 얇은 귀를 세우고 그 소리를 듣곤 한다
누군가는 거대한 외침을
누군가는 주삿바늘같이 혈관을 꼬집는 희망찬 비명을
눈에도 보이지 않는 죄를 방망이로 두들겨 꼬장물 튕기는 천둥
소리가
휘파람을 불기도 한다 마음의 중심을 향해하며
끝내 마지막 어둠이 검은 먹물을 풀어 맑은 시냇물에 흘러가면
바위에 부딪히면 바위를 깨물고 물에 빠졌을 뿐인데
발을 동동 구르며 물속에 잠기고
맨몸으로 일제히 물구나무서서 목욕을 한다

수상한 짓을 하는 것처럼 죽은 듯 물결치며 살아가야 한다는 듯
결국은 식구들의 마음속에 숨은 잿빛을 어머니가 풀어낸다
밤하늘에 헤엄치는 파란 별들이 옷 안에 수북하다
내 어깨에 흘러내린 별빛 좀 봐 햇빛 속에서 별빛이 반짝인다
물속에도 길이 있다는 걸 해도 별도 안다
뇌 속에 갇혀 잠든 사람들만 모른다
곰 멧돼지 노루 다람쥐도 알고 있는 산속의 오솔길을 사람들이 모르듯이
끝없이 새로운 길을 여는 하늘이 핏줄처럼 뻗쳐있다고
호피 무늬를 입은 사람들이 문을 열고 집 밖으로 나온다
문이 열리면 커다란 세상이 있다 바다가 있다
세상의 바람을 올라탄 세상의 파도를 올라탄 해의 작은 손가락 발가락이
높고 낮은 휴식을 즐기고 있다
바닷속에는 물푸레나무의 심장도 돌도 산도 있다
황혼의 쓰러지는 불길 따라 밝은 세상이 아무리 눈을 감아도
하늘에서 평화의 지도를 푸른 점으로 펼치며
꿈꾸는 자들의 비밀스러운 새 세상이 열리고 있다니까
백내장 수술 이후 개안처럼 새로운 옷 새로운 하늘

눈

월여산 돌머리에
나는 무채색 하얀 꽃
생명 다할 꺼져가는 불꽃
숨을 쉴 때마다 세상을 점점 빨아들인다
나무마다 길마다 집마다
바닷속에 살던 반짝이는 하얀 멸치 떼를 생각한다
헤엄치면서 순식간에 고래 입속으로 사라지는
세상을 날아다니는 어류
소리도 없이 눈을 감고
소리도 없이 눈을 뜨고
내가 모두 꽃이 되어 태어날 거라고는 누구도 알지 못한다
그네를 타며
따라서 흔들리며 따라서 흔들며 꽃잎이 향기를 내뿜는 듯 버성그린다
끝인 줄 알아도 끝이 없고
시작인 줄 알아도 시작도 없고
모래 위에 돌 위에 나무 위에
다리 위로 길 위로 건물 위로
하얗게 드러누우며 돌고 돌아서 나는 목적이 있는 듯이 어떤 색깔도 먹어 치운다
숨바꼭질을 하는 재미있는 세상까지도
하얀 사랑에 조용히 수그러드는 세상의 다정한 호흡들
벌거벗은 나무가 옷을 입는다 벌거벗은 세상이 옷을 입는다

그 누가 화를 내도 비단옷 무명옷 차별 없이 하얀 하늘의 옷을 입는다
또 생각 없이 걱정 없이 하얗게 물들인 나를 툴툴 털면 된다고 변명을 늘어놓는다
하얀 음악
하얀 침대
눈을 뜨면 하얀 천사가 찾아와 집에만 있으면 병이 온다고
나를 따라 나오라고 집 속의 집에서 집을 벗어나라고

그 마음 알 것 같아서 누군가 기다리고 있을 것 같아서
끝없이 물을 먹으며 자라난 너는
당장 눈에 보이지 않지만
하얀 물의 파동임을 알 것 같아서
선하게 웃는 소리 없는 함성을 따라
외롭다는 마음도 어둡다는 마음도 잠시나마 지우고 싶은 아이들도 여자애들도 사내들도 아저씨 아주머니들도 할머니 할아버지들도
눈을 맞으려 몸속까지 눈에 잠기려고 입을 한껏 벌린다 개도 고양이도 머리를 들고 입을 벌린다
눈과 함께 투명한 기억들까지 계속해서 입에 들어오라고
먼 월여산 돌머리에 눈이 하얗다

바다를 떠돌며

나는 누굴까
바닷가 허름한 민박집에 나를 목격한다
잠시 구름의 시간
소음도 쓰레기도 푸른 물을 말하는 바다
앞발을 들어 물에 넣어본다
이처럼 깨끗하고 많은 물은 처음 본다
배웅과 만남이 서둘러 쳐든 파도 소리 운다
조바심 같고 심장 소리 같은 바다 이야기 듣는다
서로의 등 뒤에서 각자의 깍지를 움켜쥐었다
집도 문간채도 문패도 없는 해변에서 녹슨 칼 벼려 소리 내지른다
몇억 광년 결 따라 맺혔던 파도 울음소리가 하늘 높이 솟아오른다
절벽에 깊은 바다 숨소리 희뿌옇고 서늘하다
흔들려야 살찌는 바다
모래 깊이 발을 묻고 영원한 바다에 대해 생각한다
떠도는 파도 떠도는 새 떠도는 별 피카소 그림까지 널부러져 있다
세상의 정화를 위해 미학적인 곳으로 돌아다닌다 귤의 단맛과 신맛이 난다
실밥을 쥐듯 물의 표정을 쥐고 아무 기억도 없는 바다 일기를 쓴다

바다 위에 걷는 남자 만 보 걷는 여자 쿵쿵 지나가는 자전거 생생 달리는 자동차

모자를 벗고 뛰는 남자 양산을 접고 뛰는 여자 똑딱단추 똑딱똑딱 서두르며 산다

다들 약속을 얼떨결에 움켜쥐고 똑 똑 달린다

밥 먹을 시간이다

산책할 시간이다

일할 시간이다

휴식할 시간이다

잠잘 시간이다

시각은 나에게 없는가

새가 운다 사슴이 운다 일 없는 소가 운다

모두 다 한때의 여행자였다고 아직도 고속철도를 달리며 긴 여행 하고 있다고

바다 안에는 안 녹는 것이 없다는데

바다를 향해 걸어가는 나는 또 누굴까

바다와 눈

하늘로 솟은 바다 너는 늘 울었다
일어서면 넘어가고 넘어가면 일어서고 물 위에서 물레를 돌린다
누구의 마음일까 마음의 행태대로 바다가 파도를 그린다
바다는 큰 원으로 수평선을 조율한다
수면의 꼬리를 입질하는 건 거친 바람이 아니라 갈매기다
파도의 지느러미마다 가시 돋친 바람이 묻어 있다
하늘이 빚어내는 바람이 원을 생각하는 동안
천 겁 만 겁 바다에 생가시아비 묶듯[2] 너울너울 눈이 내린다
불상 같은 장승 같은 바위산 부드럽게 손 내밀어 악수를 청한다
내가 보고 있기엔 당신의 눈은 너무 투명해
꼬리를 쫓아 도는 파도의 주변으로 풍경이 둥글게 말린다
아직 천지가 어떤 모양으로 올지는 아무도 모르지만
삼천 년 삼만 년 온몸 겹겹 응어리진 사람들의 한 많은 울음소리도 사랑이겠지
차가운 햇살에 씻은 파도 울고 물결 춤추나
눈은 정성 들여 하얀 마음을 전한다
어디가 끝인지 알 수 없는 바다 어디가 시작인지 알 수 없는 바다

---

2) 생가시아비 : 살아 있는 장인. 생가시아비 묶듯 : 관용구로 엄격해야 할 자리에 너무 너그럽게 하면, 도리어 상대방이 도리에 어긋나는 짓을 한다는 말.

여기가 끝이라 하면 저기서 울고 저기가 끝이라 하면 여기서 운다
천번 만번 울었던 남자가 다시 울기 시작했을 때 한 번도 울지 않은 여자가 궁금해진다
바다는 울음이 기도다 눈은 세수가 기도다 이 많은 축복들 누구를 미워하는 건 더 어려운 일
속엣것 다 내주고 짠 내 찌든 바람이 천지에 가득하고
숨겨도 보이는 하늘이 웃는 듯 우는 듯 얼마나 많은 생을 홀로 참고 견디는가
젖은 몸으로 세상을 품고 너는 늘 거기 있다
우는 듯 웃는 듯 흔들리는 동해 바다 이따금 사자후하며 누구든 무엇이든 호통친다
구부러진 고민 따위가 긴 그림자를 끌고 바다로 들어가기도 하지
누구나 할 것 없이 녹아 흘러 밀물과 썰물이 되지
파도는 물음표 하나 던져놓고
누군가의 깊은 수심이 궁금해지지 않겠는가
사는 일생이 맨발이라도 하늘과 별과 구름을 담아 저리 맑고 푸른가
눈은 또 하얗게 소리 없이 누구를 울리는가

섬

무기력한 뺨을 내어 주고
여름의 끝에 매달린 바다의 매를 맞는다
독을 뿜고 있는 매서운 눈초리
맑은 생이 회오리치는 창파
우리는 모두 살아 있다 그것이 전부니까
우리라고 불리는 사람들은 언제나 손을 맞잡고 있다

파도가 와글거린다
바다의 항문을 뚫고 나온 섬
범하고 싶은 전율
품 안에 짠 냄새 나는 물은 물마다 맛이 달다
파도는 그리워도 파도가 무서워 등 돌리고 서 있는 나
바다와 섬 사이는 소금기가 간신히 뿌리 깊은 어금니로 물고 있다

나는 머리로 바지를 입는다
목이 긴 티는 다리로 입는다
길을 찾지 못해 거꾸로 책을 하나둘 넘긴다
모두 나를 기형이라고 기형이라서 좋다고 이구동성 소리치는 사람들
그것이 여행의 묘미라고 여행의 전부라 하고 사람들은 내 어두운 그림자를 지워낸다
차가운 파도 소리는 세상의 분분함을 자른다

거리낌 없이 다 보여줘도 결국 꿈이라고 꿈에 이끌려 온 전쟁터라고
골목길을 찾아 집으로 돌아가는 중이라고 맨발로 길을 가며 중얼거린다
나를 네 똥통 속에 두어 큰 똥덩어리 작은 똥덩어리
여기저기 섬이 생겨났다고 말할 때가 되었는데 왜 안 하니
바다와 섬이 서로 손잡고 있어 푸르다 바다를 한 술 한술 떠 삼켜 똥을 만들까
아님 차라리 날아가는 붉은 토마토 같은 햇빛으로
말끝마다 재수 없어를 연발하는 어두운 구름 떼를 처단할까
알 수 없다 자정을 향해 흩어지고 모이는 마음
빛을 따라가는 빛 속에는 발이 있다
나는 무엇이든 다 받아줄 것 같다
누구나 창이고
누구나 벽이고
누구나 바다고
누구나 섬이고
내 머리에 쓴 로켓 모자 같은 전망대에 유리가 끼워져 있어 모두 소리 나게 드르륵 열어보고 싶을 것이다 동백나무에 붉은 꽃이 주렁주렁 필 때까지 숲에 새가 날아와 둥지를 틀 때까지

3 해는 칼을 간다

해

해는 칼을 간다
빨갛게 날 세워
숲의 잎들을
긴장시켜 놓고 간다 나무 그늘에 뼈가 있는 것도 모르고

손금을 새로 그리는 사람들이 어디로 갔는지 아무도 모른다
집에 남고 싶은 사람은 정말로 아무도 없었을까
모두 칼에 베이려고 집을 떠난다

찢을 것이 많았던 숲은 문을 연다
더는 찢을 것이 없을 때까지
나무의 머리를 감기는 건 바람이 아니라 새 울음이다

외투를 입을 사람들이 거리를 쏘아 다닌다

해는 제 몸 싹둑 자르고 사라진다
초점이 향하는 곳을 먼저 가 있다
해의 피가 사방으로 흩어지고
온 세상에 칼도 수없이 꽂아 놓았다
눈이 선한 저 새들에게도 바람을 자르는 칼이 있다

잎사귀로는 헤아릴 수 없어서 기둥으로 센다

물음이 있는 동안 다시 창문을 열자
칼들이 바람을 타고 사방으로 날아다닌다
방에도 무수한 칼이 들어온다
그중 칼이라고 생각되지 않는 것만 물었다
가장 날카로운 칼을 입에 문 것도 모르고

방안에 줄을 선 해의 냄새가 달다
어둠을 칼질하던 방은 잠시 가벼워진다
어둠이 덜떨어진 모서리는 천사들의 전쟁터

혀 내밀고 웃는 기분 좋은 날은 누군가 눈을 부릅뜨고
나를 쏘아본다

날씨는 해를 따라간다

쌓기만 하는 뉴스는 싫증이 나고
집안에만 있는 나도 싫증이 난다
창문을 열어 본다 창문이 열리지 않는다
방안 유리창에 언제 손님이 다녀갔는지 얼음꽃이 피었다
비가 왔는지 눈이 왔는지 하얀 떡고물 같은 것이 유리창에 있는 것을 보면 아마 눈이 저 혼자 부딪치며 울고 갔을 것이다 하늘이 풍경화 한점 바람에 실려 보냈을 것이다

안개 자욱한 허공이 있고 꾸불꾸불한 골목이 있고 집이 있다

날씨는 하늘에 뭉게구름 뜬구름 조각구름
여우 꼬리 열두 개 달린 바람이 뽀도독뽀도독 이빨 갈면 이빨 자국 남긴다 유리창에 맺힌 볼록한 물의 심장이 갈라져 있다 두 덩이가 되려는 하얀 빛이 나부낀다

열어도 열리지 않는 문을 다시 열어보아도 무겁고 단단하다 푸르고 깊은 하늘이 보이지 않는다 길을 가는 사람들 모습도 없이 말소리만 들린다 고양이는 보이지 않는데 고양이 울음이 높고 깊다 겨울을 지나가는 발도 닳고 닳아버렸다 길이 짐승의 피를 몸에 바를 때마다 나는 길이 무섭다
폭설을 삼켜버린 캄캄한 겨울밤을 고양이가 물고 간다
유모차를 끌고 가는 사람이 무르팍으로 밤을 밀고 간다
그 누구도 시키지 않았고 그 누구도 등 떠밀지 않았다

집이 집 사이에 있다 길은 또 발뒤꿈치와 발바닥 사이에 있다
허공을 집어먹고 수염이 난 사내도 있고 검은 구름무늬의 물범도 있다
나는 팔도 다리도 사라지고 앞치마와 고무장갑이 된다.
물기를 털고 앞치마를 벗어 빨랫줄에 걸어두면 창밖의 거리가 유난히 투명한 것 같다
커다란 고층빌딩 유리창에 고여 있다가 흘러내리는 물방울이 유리창 속에서 웅크려 있던 맑은 빛을 발산한다
이별과 사랑의 부스러기도 섞여 더 빛이 밝아진다면
나의 긴 외로움은 사라질지 몰라 머그잔에 물을 담아 검은 속을 청소하면 웃을 때가 있잖은가

고해의 파도 속에 멈추지 않고 들리는 천지간에 물결 소리
같은 소리인 듯 같은 모양인 듯 같은 것 하나 없이 저마다의 위치에서 우는 듯 노래하는 듯 시를 쓰는 듯 제 편이 되어 줄 것이라는 걸 물고기들도 알고 있다 물결은 두 어깨로 싸운 후에도 같은 편이 되는 걸 멈추지 않는다
집 깨끗한 작업복 앞치마 나는 아무것도 내 것이 없다 붉은 치아를 드러내고 혼자 웃는 해를 따라 해해 웃어본다 웃음은 진짜 내 것이다 자꾸 해해해 웃어본다 점점 더 따뜻해지고 행복해진다

날씨나 나나 너나

여러 사람이 태어났지만 서로 칼을 품고 저주를 품고 있어도
모두 한 몸이 되어 출렁출렁 우리는 즐거운 노래를 부르기로 했다
남녀 추문 이야기는 물론 그건 다른 이야기지만
비를 맞으며 사라지는 사람 꽃피는 햇살 속으로 사라지는 사람
이제는 어디가 끝이고 시작인지도 잘 모르지만 우리는 오지도 않는 내일을 걱정한다 계절도 빙하가 녹는 북극도
네 사람이 태어났지만 네 사람이 비를 같이 맞았지만 같은 장소를 몇 번이고 반복해서 걸어가고 있어도
서로 각자 다른 길을 걸어가고 있다 바람 무게를 이기는 유리창이 각각 다르니까
한 사람은 하늘의 모서리를 보고 있었고 한 사람은 흘러가는 강물을 보고 있었고 한 사람은 하늘의 구름을 보고 있었고 또 한 사람은 강물을 보면서 햇빛에 반짝이는 무수한 햇빛의 소리 없는 노래를 듣고 있었다니까
어떤 이야기든 한 방향으로 읽어야 하는 것은 책을 읽는 방법일 뿐 사람들이 살아가는 방법은 아니지 물론 책에 이야기도 거꾸로 읽으면 다른 이야기로 느낄 수야 있겠지만
고양이 집은 자동차
월요일과 내 뒷모습 우리는 오늘도 내일처럼 아득한 미로를 걷고 있다니까
다시 돌아볼 수 없는 고양이의 집 월요일과 나의 뒷모습
어제 화요일을 지났고 지금 수요일을 지나고 있지만 나의 앞모습은 알 수 없어 볼 수 없어 내 두 손은 허공에 둥둥 떠다니고 내

두 발은 바닥에 종종 완성되지 않는 길을 가고 있지 그러니까 허공과 땅에 아무리 햇볕을 버리고 가도 햇볕은 버리지 못함으로 우리는 모두 햇볕을 더듬는 천사들인지 몰라 한순간 한 방이면 끝날 수도 있지만 연애도 기념일의 검은 부록으로 와장창 무너질 수 있다니까 지금의 나도 우리도 모두 그렇다니까

도중에 사라지는 자들도 많이 있지만 지구에 우리는 모두 다 일요일을 같이 가고 있다니까

내가 창문 앞에 앉아있는 내 피부의 검고 하얀 털은 오늘 낮 날씨가 보여 주는 사교적인 외로움 또는 침묵 같은 몫이라니까

지금 손끝에 햇살은 믿을 수 있겠지

내가 있어 아직 사라지지 않는 오늘의 날씨

이 아득한 하늘의 시간 땅의 시간

마르고 지친 몸은 쭉 뻗어 죽은 듯 산 듯 시멘트 바닥에 뒹구는 지렁이도 무언가를 보고 있겠지만

누구든 무엇이든 무엇을 보고 있는지 알 수도 없고 나의 마음도 내가 도무지 알 수 없다

머지않아 시간의 미래가 초원 위에 뛰어가는 양 발자국에 지나지 않다는 것을 우린 서로의 빈틈을 지나가는 바람 같은 것은 아닐까

지금 새가 울고 고양이가 울고 아기가 울고

저 멀리 뛰어다니는 산토끼가 고라니가 보이지 않겠지만

모두 날씨 위에 얼굴을 비추고 오늘을 마주하고 있겠지

눈 부신 햇살 속에서

집에 대한 나에 대한 직선과 곡선과 나선형까지

사계절 통풍 잘 되는 걸레 같은 집
지릅대기 흙 반죽으로 방을 만들어 지게 바람 땀방울은 삼베옷이 잡아먹고 혼자 놀아도 바쁜 굴뚝 삼매에 든 지붕 위에 박이 서로 내통하고 있다

내 방이 하늘에 떠 있다
하늘인지 바다인지 알 수도 없는
사방 절벽을 뒤집어쓴 아니 사방 벽을 뒤집어쓴
달빛이 흘러내리는지 솟아오르는지도 모르는
한 집 속에 무수한 집들 한 집 속에 무수한 방들
뒷동산을 넘어가는 달이 내 눈 아래 있다 손 아래 있다 발아래 있다
창문 사다리를 타고 올라가는 불안한 집념들 잡념들
불안한 밤하늘들 집집마다 층층이 내거는 별빛에 불빛에 가물거린다
하늘을 보좌하는 것인 양 꼿꼿하고 도도하다
우선 헐거워진 안구부터 조여야겠다
허공을 의지할 수밖에 없으니까 하늘을 의지할 수밖에 없으니까
하늘까지 발아래 두고 있는 마음들 수준은 모두 비슷하다니까
솟아오른 달빛에 생을 푸는 집들 또 그 안에 내밀한 방 그 안에 사람 사람 사랑 사랑
불안한 심정보다 높은 곳이 더 좋은 걸 어떻게 하늘에 죄를 치르더라도
마음은 마음에서 출발하는 것이 인정인데 사랑인데 마음은 하

늘에서 출발하는 더없이 높은 집 더없이 높은 방 사람 사람들 매니저와 매신저는 또 무엇이 다를까 나의 매니저여 매신저여
발아래 흘러내리는 구름은 달콤한 안개 같다니까 어디 무서운 마귀 같다니까
두꺼비눈처럼 길게 찢어진 창문들은 해와 달까지 막아서서 갑질을 한다니까
일용직 알바생이 된 달의 심정은 아무도 모를 거야
비장한 심정으로 매일 새로 태어나고 죽고 하겠지만
이미 정리 정돈된 큰 벽을 밀고 나갈 수가 없다니까
둥둥 알 수도 없는 안개 거품으로 목욕하는 사람들
입은 약풀 좋아하는 황소 입에 매일 잔인한 고양이 발톱을 숨긴 사람들이
집 속에 아무도 모르는 함정은 또 무엇일까
사방의 벽이 싫다
나 언제 내 집과 내 속에 내 벽과 파혼하고 싶다 이혼하고 싶다
사방에 벽을 다 죽이고 내 속에 나를 다 죽이고
옷은 붉은 원피스를 입고 마음은 몽글몽글 하얀 구름 드레스를
입은 하늘의 해와 결혼하고 싶다 깊이 사랑하고 싶다
불안한 내 마음은 오래된 깊은 숲으로 좌정하고
나비 날갯짓하며 걸레 같은 집이라도 하늘을 보고 나를 보고
반 나선형 길을 따라가면 그 속에 무엇이 있을까 반딧불이 있을까 님이 있을까
조심해야지 엘리베이터 심장에 맥주 거품이 셀 수도 있으니까
소리를 잃은 웃음을 울고 싶다

벽

오늘 아침에 벽이 벽에 부딪힌다
내가 벽에 부딪힌다
어제도 오늘도
여기도 저기도
벽은 밖이 있어도 밖이 없는 것이 불행일까
벽은 입을 앙다물고 앙심을 품고 있는 듯 저 혼자 당기는 듯 저무는 듯 다행한 일일까
어린이들이 둥근 지붕이 있는 그림을 그린다
자기 꿈속에 있는 집을 향하여 방을 찾는지
무서운 포신을 겨누는 잔인한 전자 게임은 아니고 천사들 울음을 따라가는 듯
하늘에는 웃음도 울음도 없다는데
동그란 달 같은 예쁜 사람 얼굴을 그린다 엄마이거나 애인이겠지
벽이 벽에 갇혀 있다
죽어있는지 살아있는지 그림자 속에 뻗는 가지도 없다 끊어진 말들이 엉금엉금 기어다닌다

항상 말을 많이 하는 나를 사람을 막아야겠지만
달콤한 몽상은 그 속이 있지만 벽은 그 속이 함정이면서
단단한 방이기도 하지
여기저기 신들의 미소가 구름을 따라 바람을 따라 새소리를 따라오다가
벽에 줄줄이 부딪혀 줄줄 흘러내린다 혀끝으로 몰고 간다
벽을 홍건히 핥는 내 일기장은 윗말 한마디 없이 밑말뿐이다 제 높이 확인하고 두 발이 바닥에 닿아야 편안하니까
어린이 그림 속에 해와 달 별
붉고 하얗게 피어나는 웃음소리
하루도 웃지 않으면 사는 의미가 없다는 일기장 첫 페이지가 뜯겨나갔다
나는 나의 벽이 생기고부터 첫 페이지 첫 목록에 내 이름까지 뜯겨나갔다
아무 말이 없는 것은 고문이겠지
말 한마디 없는 냉랭함 견고함 엎드려 울 수 있으면 꿀베개 아니겠어

오늘 아침에도 점심에도 머리로 벽을 박았다
이마가 붓고 검은 피가 얼굴에 묻었다
대낮에 창문을 열고 햇살을 투명한 유리컵에 가득 담아
내 입에 부었다
도톰한 햇살에 소를 넣은 공기는 검은색도 있었지만
색색의 몽롱한 안개도 가득히 버무려 있었다
여러 빛깔의 뜨거운 하늘이 내 속에서 속삭이고 있었다
오늘 밤에는 내 입에서 별이 나와 하늘 높이 쏘아 올릴지 몰라
밤새도록 얼얼하게 별빛을 뿜은 것들은
온통 붉은 해가 될 수도 있어
그런 날의 빛을 풍경을 웃으라 발음하면
검은 혀를 길게 내민 벽도 마지못한 듯 헉헉 웃을 거야
가장 빨리 죽는 건 엘리디 쌍꺼풀을 한 눈알에 머리도 팔다리도 없는 사각 벽이었으며
내일의 미아가 벽이었으며
벽이 닫힌 문을 열고 밖을 바라보면
그 속 구린 냄새도 사라지겠지

다리 없는 의자

활주로처럼 놓인 창문은 열려 있었고 방안으로 달빛이 뻗어 들어 온다
의자는 달빛 조명 위에 합성처럼 앉아 있다
그 위에 사과 궤짝이 놓일 때도 있고 사람이 앉을 때도 있다
우리 집에는 내가 태어나기 이전부터 다리가 없는 통나무 의자가 하나 있었다
네 개 달린 의자는 다리가 달린 의자를 갖고 싶은 우리 가족들 세 개 달린 다리는 짝이 맞지 않아 불평불만이 많아서 싫다 두 개는 또 똑같은 마음으로 평생을 살 자신이 없다
사과 궤짝만 한 손님 대신 여인을 기다린다 마음이 사타구니 속으로 잠깐 들어간다
기울어도 구르는 넘어져도 구르는 다리가 없는 의자는 몸도 마음도 편하다
엄마가 말한다 입이 하나 더 있으면 얼마나 더 시끄러운가
발이 하나 더 있으면 얼마나 더 분주한가

다리가 없어 온몸을 바닥에 납작 붙이고 안전하게 산다
엄마가 저렇게 몸을 바닥에 납작 붙이고 절을 한다
두 손을 합장하는 것은 온갖 바닥을 하나로 만들어 하나뿐인 아들을 위해서 기도하는 일이란다 우리 집에는 목울음 소리를 쏟아내는 마음도 없는 전기밥솥이 4인용이다
식구는 3명인데 적어도 내가 2인용 이상은 되어야 한다
우리 집 의자는 원통이라 구멍도 없다 빈틈도 없다
구멍이 없는 것이 빈틈이 없는 것이 구멍이고 빈틈이라는 것을 우리 가족은 아무도 모른다
엄마가 의자에 앉아 콩나물을 다듬는다
의자도 콩나물도 발이 하나뿐이다
기울이면 굴러가는 넘어져도 굴러가는 그 어디에서도 모서리 하나 없다
밥알 떨어지는 소리가 종소리처럼 울려 퍼진다
내가 드디어 위대한 2인이 되는 날이다
의자 다리 없는 것처럼 다리 발밑에 사는 우리 집 식구들은
쳐다볼 다리도 하나 없다

어느 햇살 좋은 날 누가 뒤집어 주지 않으면 그 밑은 캄캄해
세상도 햇빛도 한번 보지 못한다
인생이 다 그렇다고 밑이 거뭇거뭇한 통나무 의자를 뒤집어
걸음을 절룩거리는 여자와 엄마가 퐁퐁으로 퐁퐁 닦아 동쪽 마당에 의자 등허리를 돌멩이로 고여 놓는다
두 시간 세 시간 네 시간도 안 되고 하루 종일 말려야 겨우 제 역할을 한다고 구시렁거린다
날고 싶었지만 평생 다리도 하나 없는 앉은뱅이라 단 한 번이라도 날개를 펼칠 생각도 하지 못한다
의자 위에 어머니 어머니 위에 콩나물 내 밑에 새로 들어온 새댁
네 개의 다리를 신은 우리 가족들 둘이 하나가 되어 하나가 둘이 되어 둘이 넷이 되어
모든 것이 하늘에서 줄줄 흘러내리니 햇빛도 달빛도 풍성하다
내 몸속에서 빛이 뻗어 나온다 한없이 따뜻하고 밝은 작은 빛이다
열 달 파도를 넘으며 수중생활을 마친 아기가 이제 올 것이다

땅

땅은 민낯을 참는다
울퉁불퉁 아무리 못생겨도 나는 내 안에 많은 집을 두었노라 덜컥 말 한마디 내려놓고
안개 낀 풍경으로 배수진을 친다
햇살 받은 내가 땅에 정성을 칠하면 푸른 발자국들이 사박사박 걸어 오고
나는 온몸으로 거품을 집어삼킨다

죽이고 싶은 모난 것들도 생각을 갈고 닦으면 괜찮은 구석으로 쓸데가 있다

짐승 발자국 스친 자리가 여기저기 집이 되고 사마귀 날개 짙어진다
누가 야생 골짜기라고 이름을 붙이면
저녁을 딛고 서 있는 새들까지

숲속의 방언을 쏟아낸다
세상의 팔과 다리 점점 빠르게 버둥거린다
짐승의 창자 같은 도랑이 노래를 부른다
울음과 걸음을 변주하는 소리의 문향이 환하다
돌을 움켜쥐고 있는 땅 돌이 없는 땅 파랗고 고결한 놈도 있고 검고 불온한 놈도 있다
여기가 끝인지 저기가 시작인지 알 수 없는 풍경은 말이 되고 숲이 된다
우리는 같은 피를 나눠 먹고 사는 피가수 들
바람이 하늘과 땅을 흥정하는 동안 멀리서 나는 짐승의 교합 하는 소리 흥성하다

넓고 깊은 내 호주머니에 찔러 넣은 수많은 발가락 손가락 한편 모래 한 알도 나다
숫자가 없는 뿌리의 차트를 들고 내 모니터 앞에 선 영상들이 움찔거린다

우기도 건기도 어서 오라고 누워서 전화를 받고 수평의 품을 내어 주기 위해 누워서 말을 한다

백업을 켜세요 데스크톱 문서 및 사진을 펼치세요

뚜- 뚜- 숨소리 누르며 지평선 수평선이 자전을 한다

수십 억 년을 떠돈 지구별은 일이삼 셈을 하지 않는다

어머니 패딩에 묻은 눈물은 얼마나 무거울까

입 꼭 닫고 대치하는 자식이 있어도 구야 미야 이름 부른다

지구 한 바퀴를 돌아도 호주머니 속 먼지를 다 털어내지 못해도 창문 밖에는 보랏빛 꽃이 핀다 뿌리만 붙들고 수많은 이름을 되뇌다 보면 어떤 날은 입안에서 들개의 이빨이 자라기도 한다

행불행과는 무관한 새떼들은 오늘도 날아오르고 있을 테지만 나는 많은 방을 두었노라 방에서 초록 냄새가 난다 크림 냄새가 난다

방은 따뜻한 아랫목 아랫목에서는 아이들 웃음소리가 즐겁다

내 몸 안에도 내 몸 밖에도 무수한 생명이 태어나고 자란다

그리고 사람이 한 번도 죽지 않은 땅은 없다

나를 통과하다 넘어진 사람들은 밸런스가 무너진 사람

절벽

얼음 언 저녁이 길게 엎드린다
조용한 공기들이 고추를 찧는다
첫새벽 바다를 지나가는 달이 잠시
잊지 않고 피워낸 그리움
찔레꽃 뿌린 듯 해변 가득 하얗다
멜로디도 없는 거뭇한 음반
매끄러운 피부의 하얀 파도도 파란 바람도 믿지 않아
멜로디도 없는 거뭇한 음반 같은
굵은 손가락 몇 개 들어 거절하는지 부끄러워하는지
노래의 어원도 모르는 갈매기의 박수 소리만 크게 들린다
달을 보는 이들은 달을 따라간다
하얀 깃털인 줄 알고 가면
달은 하얀 뼛가루를 던진다
알고 보면 이런 일은 종종 있다

옥수수같이 일어선 하얀 파도를
검은 절벽이 쪼아 먹으면
속이 검은 절벽도 코를 훌쩍거리며
갯바람이 징하게 노래한다

길이 보이지 않는 높은 절벽
하루에도 수천 번 파도만 돌아오고 돌아간다

바다가 보이는 요양병원 그녀는 여전히 병원 침대 한 칸
주사기 꽂힌 멍든 팔뚝
들었다 놓기를 수십만 번
별자리 옮길 때마다
하얗게 굽이쳐 가는 이쪽으로 저쪽으로 기우는 신음

주사기를 옮길 때마다
봉숭아 꽃물 손톱에 들인 그녀는
첫눈 오는 날 만난 그녀는
수심 깊은 거친 파도가 들락거리는 절벽에
아프고 싶지 않은 잔인한 젊은 날에 하고 싶은 말이
얼마나 많을까

풀잎이나 새 떼들이 푸른 하늘은
더 푸르게 밝은 달을 더 밝게 비추겠지
사진에 전자동으로 찍히는 우주의 렌즈
절벽이 그림자를 길어 올리는
바다는 달이 어리는 그림이었다
달빛을 매단 절벽을 파도는 먹이로 착각했을까
이렇게 큰 차가운 물고기가 세상에 어떻게 있냐고
다시 돌아보며 고래보다 더 큰 울음소리를 한차례 지르고 간다
절벽을 때리며 생각난 듯 젖은 절벽이 합장할 때

사진을 찍고 필름처럼 까만 밤을 거둬 가려는 듯
오늘도 모두가 말없이 등 돌리고
절벽처럼 이별을 생각하는 날일까
바람을 펄럭이면서 바다를 발견한 듯 하얀 달은
하늘에서도 바다에서도 자라나고
절벽에 이르러 좋은 색을 주지 못해
둥그런 렌즈에 바다의 소리를 담아 나무의 소리를 담아
여운을 아무리 남겨도 그 깊숙이 담는 하얀 달빛도
손톱처럼 싹둑 다 자른다
그 손톱 조각 쓸어 담는 셔터 터지는 소리에 간신히 환해진 절벽
겨울의 절벽은 봄
봄의 절벽은 여름
가파른 절벽을 넘어온 바다의 입 거품 앞에서
잠깐 바다는 노래를 멈추고
사진기에서 찍는 절벽같이 서 있는 사람들이
방울토마토처럼 데굴데굴 구르는 기쁨도 슬픔도 어깨 밑 등거리 쪽 절벽에 숨어버린다
바다의 절벽도 우리의 절벽도 견고하다
나의 바지 주머니에
몇 만 년 바다를 살아온 조각난 절벽이 하나 있다

유리

유리에 신이 산다
유리에 모래알이 산다
사막의 모래 바다의 모래 무엇이 다른가 모두 보일 것 같다
속을 보여 주는 거리낌 없는 벽 없는 벽
오랜 시간에 걸쳐 하품 같은 간격으로 달라붙지 않고 끌려다니지 않는다
너는 또 누군가를 대신해 읽어주는 예언서에 가깝다
낯선 질문을 받을 때도 있고 소리에 둘러싸여 소리가 들리지 않을 때도 있다
언젠가 당신의 손을 맞잡았던 적이 있는 것처럼
너는 긴 시간 동안 사람이었다
때론 조금씩 움직이기도 한다 하나의 정물임에도 불구하고
고온에서 흩어지면 발화점이 같다
메마른 마개 틈 사이에 우수수 떨어지는 무수한 시간들
모래알이 흐르듯이 부서지는 빛줄기들을 한껏 인화하기도 한다
눈물을 오래 사용한 푸석한 파도에 떠밀려 활주하는 모래알
귓가에 날개를 비비며 흔적을 찾는지 흔적을 지우는지
해변을 빙빙 돌며 달콤하게 반짝인다 유리같이 모래같이
길에서 방향을 조금 틀었을 뿐인데 신기하지
바다는 초록 초록색은 버터일까 녹두일까

전 세계로 스며드는 버터는 원래 풀밭이었는데
몇 번 달콤한 꽃을 피워본 경험이 있는 동그란 녹두는 어머니를 연상시킨다
네가 태어난 곳으로 가보아라
그곳에 무엇이 사는지 무엇이 있는지
초에 불을 붙이고 생일 축하합니다 노랫소리 들린다
지금보다 더 진지해지면 종교가 되길 바랄게
삼백육십오일 염가에 세일 중인 창공 싱그럽다
창공을 향해 안녕 인사를 해본다
안녕은 모양도 제각각 색깔도 제각각
책상과 주로 쓰이는 노트를 많이 닮기도 했다
우리들의 하루가 유리 주변을 흘러넘친다
이제는 눈물 한 방울 없는 사막 길이다
낙타는 한 마리 세 마리 네 마리 여섯 마리
아무 말도 하지 않도록 조심하여라
너는 이미 너무 많은 말을 했다
이렇게 해서 얻는 게 무엇이냐고 얻는 게 없어야 유리하니까
나는 무엇이든 지우고 없애야 하니까
그렇다고 유령 취급은 하지 마
몸 안에 몸이 있고 등 뒤에 등이 있고 얼굴 안에 얼굴이 있다
그렇게 하루 종일 으르렁거리고도 성난 뿔을 하나둘 뽑고 있다

눈썹

나의 양쪽 눈치를 위해 쌓인 눈썹이 유난히 검고 길어 범눈썹 같다
속눈썹 하나만 살짝 당겨도 모든 걸 다 내어 주고도 모자라는 눈빛이면 얼마나 좋겠는가
저 혼자 잘 나 저 혼자 제자리로 돌아간다고 아우성치는 족속들은 한심하지 않는가
날은 저무는데 눈두덩 위에 산 능선 위에 범 한 마리 무섭게 뛰어든다 지리산에서 진주 남강까지

꽃 유등 밝혀놓은 진주 남강 잔칫날
분장한 사람도 보통 사람도 오색 나무다리로 손잡고 웃고 떠들고 출렁출렁 걸어간다

나의 눈썹 없는 눈은 생각만 해도 대머리독수리처럼 우습다
평생 살아도 보름달도 반달도 한 번 될 수 없는 내 눈썹 시월 상달 하얀 서리맞아 더 우습다

물방울 하나만 틀어져도 녹말가루 풀어지듯 물기 누울 곳도 바람 한 점 머물 곳도 없는
반쯤 잘린 내 눈썹꼬리
반쯤 눈썹 없는 내 꼴이 진짜 무섭게 보일 땐 영웅인지 몰라

진주 남강 다리에 흘러내리는 내리는 달빛도 달 여인의 반달눈썹도 달 논개 가락지도
늦은 가을바람에 모두 나부낀다
강 위에서 강 속에서
도마 위에서
어머니 위에서

엉거주춤 멋쩍은 미소 짓고 몇 번 눈썹에 힘을 모아 껌벅껌벅 더듬기라도 하면
내가 구석으로 숨어드는 기분이 든다
사람들은 말이 불편할 때 손짓 눈짓 몸짓을 한다

또 말하던 말이 잘 안되면 불쑥 눈썹이 껌벅껌벅 말을 대신해 주기도 한다

흘러내리는 말을 막아주는 턱수염 흘러내리는 이마에 땀을 닦아주는 눈썹
반쪽이나 없는 나의 양편 눈썹 아 아 아 사그락사그락 얼굴에서 염전 소리가 난다
진짜 내 모습은 내 눈썹보다 못한 놈일 거야
낮지도 높지도 않은 미지근한 목소리도 내 진짜 목소리일 거야
눈썹 위로 부유하는 금 달빛 수정 별빛 눈썹이 잡아끄는 한 가닥 두 가닥 여기저기 남강 둔치 왁자지껄하고 까무잡잡하다

눈썹은 눈썹 눈썹은 길어야 눈썹은 많아야 앞통수 뒤통수 다 시원하다

도톰한 떡살에 꽃물결 이는 구절만 버무려
둥글둥글 떡국 한 그릇 먹으면 소란한 내 속이 확 풀어진다

붉은 눈 편지

빛발 선 별자리들
붉은 피 묻어나는 처절한
꽃의 몸부림들

가만히 본다
지평선 수평선

욕정에 불타는
짐승들 사납게 울부짖는다

새들은 날개를 버리고
강으로 바다로 하늘로 빠져든다

모두 문을 열고 벽을 허물어라
창백한 콘크리트에 나도

지축을 쿵쿵 울리면서
붉은 공룡알이 번쩍 눈을 뜬다

부활하는 새로운 날

한 줌 빛을 들고 온
연금술사가
오늘
또 하루
붉고 뜨거운 소설을 쓰기 시작한다
또 붉은 눈시울로 편지를 쓴다
돌아가고 돌아오는 구름 속의 사연들

비에 관한 몽상

누군가의 목소리로부터 몸 전체가 기울고
몸 안에서 물레를 돌리며 컹컹 짖는다
가끔 한쪽으로 기울고 일그러질 때도 있다
나는 희고 캄캄하다는 생각이 든다
시리고 아름다운 소리가 밖으로 흘러 나간다
아무리 얼굴을 맞대고 키스해도
우리는 어쩔 수 없이 외로워 운다
바람이 빚어내는 원죄를 물레를 돌리며 회개하는지
맨발로 칼을 들고 누가 쫓아오는지
방울방울 울음소리 난다
부드럽고 단단한 물속에서 튀어나오는
수천수만 개의 동그라미들이
나뭇가지에 맺힌 열매를 세어 보는지 예민해져 불을 뿜고
구름의 기압골에 의해 낙과가 생겨나기도 한다
물방울 하나에도 사과 한 알에도 우주가 있겠지
나뭇잎에 나뭇가지에 풀밭에
눈물뿐인 마음이 벌어졌다 오므라들었다 한다
물방울은 원이지만 물은 원이 아닌 행태로도 성형되기도 한다
지구를 수평으로 만들기 위해서겠지

쉰다섯 번을 울었던 남자가 다시 울기 시작했을 때
아무리 오라고 해도 오지 않던 비가 하늘에서 주룩주룩 온다
하늘의 말을 입속에 두기 위해 몸에 스스로 칼을 댄 것일까
남자가 한발 한발 걸을 때마다 물이 북해의 조류처럼 납작 엎드려 부서지고 있지 않은가
그것은 결국엔 누군가의 날 부르는 목소리일 태지
아님 막다른 길에선 나를 관리하는 중일 거야
내 눈물 흘림증 증상은 끝이 없고 온 세상을 빙글빙글 돈다 비경을 보기 위해

물방울 여운이 깊이 우러나면 험악한 바람 소리를 고운 노랫소리로 걸러내고 있지 않은가
옹달샘 같은 새소리 끼어들고 어머니 같은 목소리 끼어들어 여기서 울고 저기서 울고
강이 울고 바다가 울고 하늘이 운다
그 맑은소리 한술 떠 삼키면 마음에 시장기가 사라지겠지
알 수 없는 이 소리 알 수 없는 이 마음
저절로 시들어 지칠 때까지 발설하며 침침한 모의를 하며 축축한 한때를 보낼 작정인가
누군가를 기다리고 있는 의자에 우산을 쓰고 앉아 볼 요량인가 골목길을 찾을 요량인가
비는 파도의 티끌이 되어 온 세상을 수십억 년 떠돌고도 모자라 우리의 잠 속에까지 따라온다

산행 일기

안개와 함께 산을 오른다
하늘이 산을 평평하게 당긴다
떡볶이집에서 기름 묻은 얼굴이
생애의 나지막한 그림자로 일렁인다
이상하지 먹고 싶은 것이 왜 자꾸 그를 사랑하고 있는지
그래 이런 물음은 어떻게 대답할지
무릎 닳은 그의 걸음 무릎뼈를 추켜올리며
혼자 둘이 가고 둘이 혼자 간다
그림자도 그를 도우며 간다
날렵한 지느러미 주눅 들어서 산이 좋아 산으로 간다
은빛의 화려한 칼춤으로 부풀어 오르는 산으로
번쩍번쩍하던 송도 아줌마 갈라 터진 물고기 울음이 어물전에 뿌려지던 나날들 뒤로하고
헐레벌떡 끌려가며 찔레 향기 좋아한다
층도 없이 높은 산으로 낙엽 이끼 흙 돌 밟으며
하늘 가깝고
세속의 고달픈 바람결이 흥건히 마른 허공 핥으면 비린 냄새 없는 산으로
오솔길이 펼쳐주는
산이 산을 불러주는
복부비만 걸린 앞산 앞세운다
여기저기 숨어서 뛰어다니는 진달래꽃이
바람에 흔들린다

몸에 착 달라붙는 몸빼바지 추켜 입은 송도시장 날다람쥐 오늘은 질질 산으로 끌려간다
산에는 새가 울고
산에는 나비가 날아오르고
모양도 자취도 없는 향기가
여기저기 빈틈도 없이 은빛 파도 몰아친다

누가 수천 년 동안 열쇠를 두드리고 두드려 밤낮을 여는가
죽음과 삶을 여는가
하늘이 가슴에 들어와 산이 눈에 들어와
어제와 오늘 헝클어진 고민을 하늘하늘 속삭이며
온몸으로 꿈틀거린다.
편안한 흙이 밑바닥 야생이 발에 달라붙는다
여기 와서 사람 말은 하지 말라
잊지 못할 연연한 사랑까지
온몸의 잔 핏줄 따라 푸른 맥박 쾅쾅 소리 높다
날이 저물고 마음에 낀 안개가 실직을 한 듯
산장의 이불 속에서 송도시장 날다람쥐 아줌마
콜록콜록 기침한다

마지막 기억

검지 손가락에 피가 난다
침대 위에 죽은 아이가 아직 잊혀지질 않았는지
피가 흘러도 아프진 않았다
침대 모서리와 그 아이 사이에 희망은 있을까
오동나무 침대에서 죽은 그 아이

오동나무도 아이도 사방이 흩어 놓은 햇볕도 없었다
내 발등 위에서 휘감아 도는 그림자는 어떻게 환생할 것인가
병원 침상 청진기 새 모이를 던져 주듯 의사의 가망 없다는 말
백지 또 다른
곳으로 간 왕자가 된 동화 같은 이야기는 더 없을까
쿵쿵 뛰는 내 심장 소리 아무도 모르게 들릴 뿐

머릿속으로 그 아이 지나간다
그림자도 없는 그 아이
머리에 맺힌 길 없는 길로 아른거리며 또 지나간다
여름이 오면 자두를 껍질째 삼키던
그 아이 입에 단물이 하나도 없다

눈물이 말랑하게 씹히는 그대로
처음 느낌 그대로

밤이 오고 낮이 오고 또 밤이 오고
어긋나는 빗금무늬 매달려 나와 동행한다
침대와 침대 사이 냉랭한 밥그릇과 냉랭한 종이컵 사이
한평생 꺼지지 않는 나의 뜨거운 불꽃

아이가 연필로 그려 놓은 낙서가
나의 달력 속에서 환하게 웃고 있다
방안 벽에서는 거뭇거뭇 사춘기를 지나는 소년이
벽과 함께 자라고 있다

나는 생각이 있으나 없으나
푸른 기운 뿜어 내는 먼 길을 간
마음속 꽃 떨어진 향기가 하늘까지 차오른다

펄펄 끓는 불로도 매서운 칼날 추위도 끊을 수 없는 이 흔들리는 맨몸뚱이
부벼대는 나의 무거운 침대
빗방울이 거리의 우중충한 색을 초록으로 바꿔 놓는다면 오늘의 나는 또 변할 수 있을까

폐교

우리의 학교에는 한 번도 보지 않은 새가
운동장 여기저기 날아다니고 있다
학교 영창은 닫혀 있고 공부하는 학생도 없고
책 대신 그늘과 습기를 좋아하는 푸른곰팡이 메마른 이끼가 교실 벽과 바닥에 빽빽이 꽂혀 있다
교실 바닥 여기저기 깨진 유리 조각이 널려있고 까맣게 변한 부러진 분필 위에 쥐똥이 가득하고 하얀 먼지가 층층이 앉은 쥐의 사체도 보이고 고양이 사체도 보인다
운동장에서는 맨발의 습관을 내려놓은 나무같이 자란 잡초들이 웅성웅성 소란을 피웠다
바람은 불었고 낙엽은 이리저리 굴러다녔다
우리는 우리의 목적을 상실한 채
알몸으로 동동 떠다니는 낙엽이 되었다
발굽이 다 닳아버린 혼자 있는 빈 운동장이
가을바람이 휘몰아친다
국기 게양대는 국기도 없이 철걱철걱 울고
지구는 돌고
강물은 흐르고
하늘은 우리의 가면을 벗기려 나의 눈을 마주 보고 있었다
그 하늘의 눈은 나의 몸속까지 파고들어
붉은 햇살로 반짝반짝 속삭여 주었다

지구본의 한 점으로 찍힌 우리의 학교는
체위를 어지럽게 바꾸어 점점 두통을 앓았다
멀미 나고 병들고
우리의 학교는 위로 위로 날아 올라
하늘 높이 안개같이 구름같이 사라질 것 같다
이 가벼운
한 점으로 찍힌 학교를
오래된 은행나무 단풍나무가
눈에 보이지 않는 무거운 손으로 붙잡고 있다
이마에 푸른 뫼비우스 띠를 두르고
미끄럼틀을 타던 놀이터는
미끄럼틀도 철봉대도 붉은 녹이 슬어 새똥도 묻어 있고 발자국만 무수히 찍혀 있었다
어린이 놀이터에 어린이는 없고 들고양이들만 뛰어다니고 있다
빈 교실은 마루가 충치처럼 소리도 없이 썩어가고 바람은 시간을 덤덤하게 쓸어주고
작디작은 나비 몇 마리 흰 치마 검은 치마를 펼치고 있다

뿌리 깊은 사랑을 꿈꾸다

사랑하는 나무는
사랑하는 나무를 바라보지 않는다
다만 하늘을 바라보고 있을 뿐
나무는 나무들은 또 제 높은 그림자까지 풀어 한평생 흘러내리는 것은 무슨 사연인가
메마른 허공까지 훙건히 핥아주는 애무는 가득 차고 푸르도록 넘치는 나무 사랑인가
이를 다 이해하고 사랑하는 것은 더 높은 하늘인가
모든 것을 다 내어 주는 어머니 마음인가
사람은 사람을 사랑하는 것만큼만 바라본다
연연한 마음이 괴로운 줄도 모르고
산을 오르는 사람들이 말을 하고 걷고 말없이 걷고
제각기 나무에 취해 바람에 취해
발자국 소리는 사라지고 발자국만 남는다
온몸을 다 바친 진심이 낮은 조도로 윤색되는 시간들
내면의 내 시간은 내 입속에 있는가
밟히며 부서지는 낙엽 속에 있는가
이리 봐도 산 저리 봐도 산

꽃향기 밀려들어
저 먼 산 너머 고향 생각 끝없이 마음속에 흘러넘치는데 가슴까지 저며 오는데
바람에 시달리고 부대끼어 휘어진 나뭇가지도 휘어진 풀잎도
도톰한 금빛 이슬방울 턱이 빠지게 한 입씩 물고 있다
생이 헝클어진 덩굴 속에서 마른 나뭇가지 위에서 새 울음소리가 들린다
산에는 산속에는 붉은 노랑 파랑 꽃이 피고 꽃이 진다
산에는 산속에는 화사한 빛깔로 아무 말 없이 또박또박 후박나무 박 소나무 송
글을 쓰고 또 그림을 그린다
하늘은 있는 듯 없고 하늘은 없는 듯 있고
허공 중의 허공 속에 새털구름 뭉게구름 둥실둥실 춤을 춘다
바람이 비질하는 산에는 하얀 물이 슬개골이 닳도록 걸레질하는 산에는
귀도 눈도 내 밖으로 튕겨 나와 소풍 놀이 한창이다
암내 나는 저 깊고 깊은 음부에서 보일 듯 말 듯 촉촉한 물이 졸졸 흐르는 곳으로 길도 없는 길을 나는 좋아서 찾아가는 중이다

어머니

첫새벽 산을
지나가는 달이 잠시 숨을 고를 때

잊고 있던 먼 기억 속에
하얀 찔레꽃 향기 번진다 누군가의 유언일지도 모르는

어머니 잠들어 누우신
그 산골짜기

옛이야기 옛사람
전설은 소에 빠져 죽은 아이들 이름이 떠밀려 온 것인지도 모르는

풀머리 감치던
예쁜 아낙들 볼웃음 달빛 속에 뛰어다닌다

살아 있는 듯 죽은 듯 마음속 그리움으로
죽을 만큼 흐르는 눈물이 사랑인 듯

어머니 잠들어 누우신
그 맑은 산골짜기

꼭꼭 여민 가슴속 셔터를 누르지 않아도
아무 표정 없이 항상 나타나는 어머니

오로지 뒤틀린 몸짓으로 무성한 풀이 건네오는
축축한 바람 소리 고개를 들 뿐이다

아무도 보지 않으려 하는 누구도 들으려 하지 않는
너무 보고 싶고 너무 듣고 싶은 그 어두운 골짜기 우리 어머니

붉은 노루 울음소리보다 더 큰
어머니가 내 이름 부르는 소리 알 것 같아도 알 수도 없는 그 소리 조용히 들리고 있다

안개 속에서 사랑을 쌓는 무지개 위로 반짝 어머니가 걸어 온다

달이 간다

강을 건너 들을 건너
꾸불꾸불한 세상 활자 맥박 짚으며
달이 간다

뾰족뾰족 헤어 베드바츠마루 심술꾸러기 머리 깎고
캄캄한 세상 둥글고 환한 꿈 꾸며
달이 간다

삼경을 지나 까마득히 혼자서
하늘 따라 바람 따라
달이 간다

뒷산 봉우리 하나 가리고
붉은 눈을 다 뜨고 달이 지면서
달이 간다

서쪽 멀리
동무도 없는 하늘 나라로
달이 간다

소리도 없이 발자국도 없이 하늘 문안드리고
가을 봄 겨울 여름 내내
달이 간다

달은 져도 달은 지지 않는다

깊은 밤 지나는 달이 잠시 바라보면서 피워낸
하얀 벚꽃을 보았나
마지막 속옷 같은 여인의 수줍음들
당신 깊은 곳에 찍힌 지문들
무엇이 보일까
깊은 밤
밤바람에 부서진
밤마다 달빛 주워 먹고 자란
벚나무 꽃 요란하게 피었다
한 줄기 날숨 들숨에 시치미를 삼킨 젊은 여인의 비명소리 들린다
천지에 떠도는 소리 속에 신생아 울음도 들린다
탕탕 울리는 알 수 없는 언어들 연정들 넘치듯 발로 차며 밀려온다
젊은 여인의 동그란 얼굴이 뒷산 푸른 소나무 한 그루
붉은 물 흘리며 웃는다
넘치던 웃음꽃 피어난다

온 세상이 캄캄한 어둠 속에서도 설레고
달도 별도 온 세상에 꽃가루를 뿌린다
차가운 벚꽃도 하얀 꽃가루를 뿌리고
살아서도 죽어서도 하얗게 웃는 것들
차오르던 기운 포화점을 넘어서
누구도 무엇도
꽃 속에 눈물이
빛 속에 눈물이 더 아름답고
또 걷잡을 수 없이 터지는 이슬은
풀 위에 떠 있는 작은 섬들
가난한 그녀가 이슬에 젖는다
단 입술 떠는
그녀 붉은 키스
불빛 없는 달빛 아래서 금가루 은가루 날리며
그녀도 나도 세상도 달빛에 녹아든다
돌아갈 곳도 돌아온 것도 천국으로 가는 길
갯바람 쩡쩡 동백꽃 헤아릴 때마다
그녀의 목소리 저 멀리까지 가득하고
내 뼛속에까지 들린다
달은 져도 달은 지지 않는다

말 많은 듯 말 없는 듯 달달

말하는 달

달빛이 커가는 소리 빈 나뭇가지 잠을 깨우고
봄이 다 지우지 못한 꽃가루 달빛이 하얗게 지운다
한 덩이 하얀 말을 하는 달
알고 보면 달은 지우개
이런 일은 어디에서나 종종 있다
생의 나지막이 하나둘 써 내려가는 파도 치는 글자들
푸른 화살에 붙들린 울음들 꾸불꾸불한 미소들 또 그 노래들
까칠한 쉼표들도 하얀 뼛가루를 던지는지 바람으로 돌아가는지
아마 그럴 수밖에 없는 의미인지
바람 현을 타고 얼마나 더 울었을까
키 낮은 마음 또 어디에 있을까
높낮이도 없는 수평선에 닿아 벅찬 맥박이 언제 새로 뛸까
말 없는 듯 말 많은 듯 달달
달은 토마토 달걀 볶음 아니고 나무도 돌도 아니고
곧 창문에 무엇이 부딪칠까

그때 내가 깨지면 좋겠다
만들어진 옷 속에 몸을 끼워 넣는 엉킨 실 같은 매듭을 풀
미끈하고 곧은 힘이 나에게 얼마나 있을까
누가 위독하단 잡음들이 허름한 생의 노트에 찍히고
떠나가기에는 아직 못다 한 말이 있어 수북이 쌓이는 어두운 시간, 시간
그래도 하얀 달빛이 푸른 별빛이 하늘과 땅을 닦아내는 시간 시간이 되었으면 참 좋겠다
둥둥 하늘로 바다로 날아다닌다
세상에는 애당초 있지도 않은 말들이 첨벙첨벙 떠들고
노도는 노가 없다
열리지 않는 문 앞선 인간의 아이여 나여 너여
오디세우스가 아드리아네가 준 실로 미로를 떠난다
내가 미로를 떠난다
문을 열어 주시는 어머니여 달이여
세상의 행운을 황급히 소환하소서
조용한 골짜기를 따라 돌을 씻는 계곡에 물소리가
무엇을 참아내는 듯 목을 꺾어 운다

주체할 수 없는 설움이 있는 듯 울고 또 운다
달도 따라 어머니도 따라 말을 하며 웃는다
그 웃음 내다 버리면 다시 울음이 기어 나오고
그 속에 내 입이 담긴다 그 속에 내 귀가 담긴다 그 속에 내 눈이 담긴다
멈추지 않고 들리는 물을 쪼는 소리 돌을 쪼는 소리
소리가 소리에 쌓인다
고요한 미소를 품은 파란 별빛이 발뒤꿈치에도 발등에도 발바닥에도 뚜렷이 쌓인다
덜컹덜컹 그리는 사나운 나도 쌓인다
아주 말 많은 달 아주 말 없는 달
달이 입을 벌려 소리치며 방글방글 웃는다
가만히 바라보니 그 속에 외가닥 고요한 얇은 길 하나 하늘로 나 있다
말 없는 듯 말 많은 듯 달이 간다
젖몸살을 앓는 어머니도 간다

엄환섭 시집 「짐승이 사람이라면 사람이 짐승이라면」 평설

엄환섭 시 읽기의 도움닫기

표성흠(시인 · 작가)

1.

엄환섭의 시는 결코 쉬운 시가 아니다.

그렇다고 판독 불가의 난해한 시도 아니다.

그는 그동안 열 권의 시집을 냈고, 나와는 이십 년 가까이 시 공부를 함께 하고 있다.

그는 우편배달부 생활을 하면서도 매주 한 편씩의 시를 써왔고, 퇴직한 요즘은 두 편씩을 써오고 있다.

대체 어떻게 거미줄 내놓듯이 이렇게 시를 줄줄이 쓸 수 있단 말인가.

시에 인생을 걸었다고 한다. 시가 뭐길래 인생을 걸었냐면, 웃고 만다.

시란 게 대체 뭔가? 정답이 있을 수 없는, 부질없는 이 질문을 수없이 주고받았다. 그러면서 시 공부를 한다.

나는 그에게 공자의 말씀, '詩三百篇 思無邪'라는 말을 골백번도 더 했고, Poetry라는 말도 수없이 했다. 그리고 동 · 서양의 시론에 관한 이야기도 여러 수백 번 했다. 하이쿠에 대해서도 한시에 관해서도 이야기했다.

이제 더 할 이야기 없으니 하산하라 해도, 공부 없이는 글이 안 써진다며, 지금도 찾아온다.

요즘 말로 하이퍼그라피아, 글쓰기 중독인 것 같다.

시는 이론에 입각해 나오는 것이 아니라, 마음에서 발화되고 직관적인 자기 언어로 기록된다.

이 자기 언어라는 점이 중요하다. 글에는 자기만이 가질 수 있

는 표현법이 있어야 한다는 뜻이다.

이게 없으면 남의 옷을 입은 허수아비에 불과하다. 허수아비는 바람에 펄럭이는 소맷자락으로 새를 쫓을 수는 있지만, 그 이상도 그 이하의 가치도 없는 허울 좋은 그림자일 뿐이다.

시는 남들이 다 하는 그런 그림자놀이가 아니라, 신의 창조에 버금가는 자기 목소리의 독창적인 음악이라야 한다. 남들이 다 한다고 따라서 하는 흥얼거림이 아니라는 이야기다.

그런데 이 경우 이에 익숙하지 않은 독자들은 당황하게 된다. 익숙하지 않기 때문에 어렵다고 말하고, 난해해서 모르겠다 한다.

이게 지금까지 엄환섭의 시를 대하는 반응들이었다.

첫 시집 -그때는 해설을 써 독해를 도왔지만- 이후, 평설을 생략한 시집을 내는 것을 보고만 있었더니, 아니나 다를까, '이게 뭐야?' 하는 반응들이고, 어려워서 모르겠다는 이야기들이었다.

열 권의 시집이 나왔는데도 한결같이 엄환섭의 시는 어려워 이해할 수가 없다며 외면당했다.

정말 그럴까?

그 점이 바로 엄환섭 시의 매력이며 개성이다.

엄환섭의 시는 너무 독자적이라, 이해를 위한 도움닫기가 필요하다.

독자적이라는 말은 시에 등장시키는 이미지들이 타의 추종을 불허한다는 이야기다. 너무 엉뚱깽뚱하다.

그런데 이를 알고 보면 의외로 간단하다.

이 글을 쓰는 까닭이다.

시가 어렵게 느껴지는 이유는 대개 두 가지로 분석된다.

시인이 시를 잘못 썼거나, 독자가 이를 따라잡지 못하는 경우다.

엄환섭의 경우는 후자다.

그의 시는 몇 가지 패턴에 대한 전제 지식만 갖추면 얼마든지 쉽고도 재미있게 읽을 수 있다. 시집을 통해서 보면 더 잘 보인다. 낱낱의 시가 아니라 시집을 읽을 때는 전체를 관통하는 동선이 보이기 때문이다.

먼저 이 시집의 장 구분을 살펴본다.

1장 짐승이 사람이라면 사람이 짐승이라면, 2장 내 마음의 봄, 3장 해는 칼을 간다로 구성돼 있다.

1장은 사람이나 짐승이나 같다는 뜻이 될 테고, 나아가 심층 분석한다면 짐승 같은 –혹은 짐승만도 못한– 인간이 많다는 '역설'로도 이해된다.

2장은 말 그대로, 희망이요 소생이며 부활의 봄이다.

3장은 태양의 빛과 열기로 칼을 가는 행위로 생각할 수 있다. 해 = 밝음을 위한 투쟁이다.

직설하면, 1. 짐승 같은 인간이 되지 않으려면 2. 사랑이 필요한데 3. 그 사랑은 칼을 가는 각성에 있다....

문맥이 도치돼 있다.

이제 이 순서를 재편하여 보자.

1–2–3을 1–3–2로 바꾸어 순차적 구성을 하면, 1. 짐승 같은 인간이 우글거리는 세상을 살아내자면 2. 늘 깨어 있도록 양심의 칼을 갈아야 한다. 3. 그러면 봄비 같은 사랑으로 만물이 소생하게 되는 희망을 가질 수 있다....

순차적 나열과 도치시킨 나열법에 관한 이야기다.

이 도취법이 산문에 –쉬운 시– 익숙한 독자들을 어리둥절하게 만드는 요인이 된다.

이 시집을 관통하는 문맥의 동선은, '행복은 해를 따라 사는 것'이다.

그런데 '벽이 많다'. 이 '벽을 넘는 방법은 봄비 같은 어머니의 사랑'을 기다리는 일이다. 이 사랑은 자연스럽게 오는 계절의 순환 같은 것으로 인위적으로 되는 것은 아니다. 이에 감사할 줄 알아야 한다.

이게 편집 순서를 바꿔 읽은 이 시집의 스토리다.

낱낱의 시를 읽을 때도 이렇듯 도치된 구성을 이해한다면 시 읽기가 한결 수월해질 것이다.

2.

시는 산문이 아니다.

문학의 장르에 시와 산문이 있다.

쉽게 말해서 산문은 '이렇고 이렇고 이래서 이렇다'라는 식의 순차적 전개에 따라 결론을 도출하는 서술적 문학 형식이다. 사실에 입각한 상상력의 소산이다.

반면에 시는 인과응보에 따르거나 육하원칙에 따른 사건의 기술이 아니라 '이미지 결합의 영합'이다.

이때의 이미지는 시 속에 들어있는 심상을 의미하고, 결합은 시적 표현인 압축 생략된 이중적 시어가 품고 있는 상징성을, 영합은 이 둘의 합치 속에 들어있는 행간읽기를 뜻한다.

따라서 시는 행간 속에 숨어 있는 의미를 찾아내야 읽기가 가능해진다.

이는 마치 소방차의 사이렌 소리와 경광등을 보여줌으로 위험을 느끼게 한다든지 잔잔한 음악과 푸른 초장을 보여줌으로 평안함을 느끼게 하는 연상 작용과 같다 할 것이다.

시는 일종의 연상 작용이다.

시인은 이를 숨기는 자요, 독자는 이를 찾아내는 게임이 시 읽기다.

시의 매개체로 언어가 사용된다.

그런데 이 시어의 참뜻을 찾아내기가 그리 쉬운 일이 아니다.

보물을 어디다 감춰둘 것이며 어디서 이를 찾아낼 것인가 하는 것도 문제로 남지만, 더 큰 문제는 시인과 독자가 가지고 있는 언어 지각의 차이다.

서로가 가지고 있는 언어의 공감각이 필요한데, 이게 어렵다. 경험의 폭이 다르기에 상호 소통이 안 될 때가 있다는 이야기다.

다 같은 말을 해도 받아들이는 폭이 다르다는 이야기다.

그래서 아는 만큼 보인다는 말이 생겼다. 고급 독자가 되어야 시를 읽어낼 수 있다.

이에는 훈련이 필요하다.

시는 잘 내린 커피 향 같다.

오늘날 커피는 누구나 마시는 음료다. 어디를 가도 커피숍이고 어디를 가도 가장 손쉽게 내놓는 음료가 커피다. 길을 가면서도 커피를 마시고 사무실에서도 마신다.

그러나 커피마니아들은 분위기를 찾는다.

찻집이 고급스러울수록 커피 맛이 깊을수록 마시고 즐기는 의미가 달라진다.

커피만큼 특별한 기호식품이 없다.

커피의 본질은 카페인이다. 커피에 한 번 빠져들면 헤어날 수 없다. 중독성이 생긴다.

시 역시 이 커피와 마찬가지로 한번 빠져들면 헤어날 수 없는 중독이 된다.

일반적으로 가장 많이 선호하는 커피가 '막대 커피'라 칭하는 봉지 커피라면, 가장 많이 읽히는 시는 '쉬운 시'라 불리는 어렵지 않은 시다.

누구나 읽어도 해설 필요 없이 머릿속에 쏙 들어오고 내용이 전해진다.

이런 시들은 때로 '걸개 시'가 되어 길거리에 전시되기도 하고 구호가 되기도 한다.

그런데 이런 시는 두 번 세 번 열 번을 읽지는 않는다. 한 번 듣고 이미 다 알아버렸기 때문이다. 유행가 가사와 같다.

물론 거기 목숨 거는 팬들도 있다.

막대 커피나 일회용 시가 나쁘다는 것은 아니다.

이와는 달리 열 번 스무 번 읽을 때마다 느낌을 달리하고 캐면 캘수록 맛이 다른 시가 있다는 이야기다. 소위 말하는 어려운 시다. 이 또한 음미해 볼만 하다는 이야기다.

커피마니아들이 커피잔과 커피 내리는 과정을 중요시하고 커피물을 따로 받아두듯 분위기 타는 시도 있지 않을 것인가?

표피적으로 느끼는 감정 외에 가슴 깊이 파고드는 절실한 감동의 시도 있다.

이러한 시는 읽을 때마다 색다른 느낌을 준다. 그 감동으로 인생의 또 다른 일면을 볼 수 있다는 이야기이고, 이로써 인생의 그 어떤 전환점을 삼을 수도 있다.

시는 일회성 읽을거리가 아니다.

한 편의 시를 읽고 그 감동으로 지금까지 걸어온 인생의 길을 바꿀 수 있다면, 평온함이나 위안 혹은 행복을 느낄 수 있다면, 그런 시는 분명 존재가치가 있는 작품이다.

이러한 시들은 읽기만 하는 게 아니라 낭송까지 한다. 요즘은 시 낭송이 추세다.

시를 치유 목적으로도 사용한다. 시는 철학이나 사상이나 구호가 아니라 노래요, 이야기다. 이 노래와 이야기 속에서 위안을 얻고 희망을 본다.

어쩌면 시는 이 느낌을 위해 존재하는 것인지도 모른다. 시를 막 대할 수 없는 까닭이다.

그래서 시는 예술의 으뜸 자리를 차지하고 신성하기까지 한 것이다.

엄환섭의 이 시집 속에서 과연, 그런 시를 찾을 수 있을 것인가?

귀한 이름
나비
두 쌍의 날개가 있다는 것을
너 아니

깊은 산속

나비 한 마리
고요하던 꽃들이
떠들썩해진다
오직 나에게로 오라고

색깔
모양
동맥과 정맥의 떨림

그러니까 너
아주 오래전부터
날아오고 있었던 거지
수런거리며 나에게로

금세 시 한 편
뜨겁게 핀다
꽃잎 속 떨림
나비/ 전문

엄환섭의 시 치고는 가장 짧은 시에 속한다.

그러나 이 시속에 그의 시에 관한 생각이 다 들어 있다.

외진 산골짜기 꽃밭을 찾아드는 나비를 통하여, 나비와 꽃을 통하여 시가 어떻게 시인에게로 오는가를 엿볼 수 있게 한다.

시는 이렇듯 저절로 오는 것이다.

나비를 간절하게 기다리고 있는 꽃밭이 있고, 이를 찾는 나비가 있다면 꽃이 피는 것은 순식간이다.

꽃밭이 있다면 나비는 날아온다, 그곳이 어디든.... 시심이 있는 곳이라면 언제라도 시는 찾아들기 마련....

시는 억지로 쓰는 게 아니라, 시가 들어와 앉을 자리를 마련해

두는 일이다.

이때의 시는 위안이며 희망이다. 그리고 행복이다.

엄환섭이 추구하는 길은 시를 통해 행복을 찾는 길이다. 서두에서 말한 시에 인생을 걸었다는 말뜻이 바로 이것이다.

3.

한 권의 시집 속에는 개개의 시들이 모여 제시하는 공통된 하나의 주제가 존재한다. 낱낱의 시들을 읽을 때 미처 볼 수 없었던 알고리즘이 형성된다는 이야기다.

그런데 시인에게는 시집을 낼 때마다 이 알고리즘이 바뀌어야 한다는 명제가 주어진다.

이러한 문학적 변화 -주제나 형식- 현상을 두고 시적 경향이라고 한다.

시인이 시집을 낼 때는 그 속에 담긴 시적 경향이 완전히 달라졌을 때라야 가능하다.

같은 이야기를 중복한다는 것은 그림에서 판화를 찍어내는 일이나 봉지 커피를 양산하는 것과 같다.

양식이 있는 시인이라면 똑같은 시를 중복 생산해 내는 일은 하지 않을 것이다.

시는 신의 창조 다음가는 창작이다. 시집은 매번 새로움을 위해 탈바꿈을 해야 한다. 뱀이 허물을 벗듯 새롭게 태어날 때라야만 새로운 시집을 낼 수 있다.

그래서 시집은 시인의 경향이 바뀌었음을 들여다볼 수 있는 계기가 된다.

시집을 자꾸 낼 수없는 까닭이다.

보통의 시인들은 십 년 정도 기간이 지나서야 시집을 낸다.

시적 경향 변화의 과정이 이 정도 걸린다는 이야기다.

그런데 엄환섭은 1년에 한 권의 시집을 냈다.

시행착오가 아니었을까? 아니면, 연습 비행 같은 것이었을까?

아무튼... 그의 이번 시집은 변했다. 지금까지 주장하던 주제가 많이 바뀐 것이다.

모든 것을 내려놓고 해에 귀의하겠다는 순응하는 자세가 보인다. 전에도 그러긴 했지만, 불교적이라기보다는 기독교적 사상에 입각한 순응이다.

어머니 = 봄비 = 시 = 행복 ...

이러한 등식에서 이 봄비는 내가 노력해 얻어지는 것이 아니라 주어지는 은총이라는 자세가 분명해 보인다.

그렇다면 독자가 현명해져야 한다.

이러한 변화의 실마리를 어디서 찾아볼 것인가?

이 시집의 시 속에 그게 들어 있다.

다른 시집을 읽을 때도 마찬가지이겠지만, 그게 어디 들어있는지 찾아내는 일이 독자의 독서행위이다.

독서는 작자와 독자가 펼치는 일종의 게임 같은 것이다. 그래서 이런 퍼즐을 만들어 맞춰보는 작업을 한다.

결코 일방적이어서는 안 된다. 자타가 다 인정해야 한다. 그래야 게임의 결과에 승복할 수 있게 되는 것이다.

정말 이 시집 속에 그러한 것들이 숨겨져 있는가?

이제부터 그 비밀통로의 미로를 따라가 본다.

먼저 해와 달과 바다의 이미지에 관한 단서를 찾는다.

해는 칼을 간다
빨갛게 날 세워
숲의 잎들을
긴장시켜 놓고 간다 나무 그늘에 빠져있는 것도 모르고

-중략-

방 안에 줄을 선 해의 냄새가 난다
어둠을 칼질하던 방은 잠이 가벼워진다
어둠이 덜 떨어진 모서리는 천사들의 전쟁터

해 내밀고 웃는 기분 좋은 날은 누군가 눈을 부릅뜨고 나를 쏘아본다

해 / 첫 연과 마지막 연

해는 '외투를 입'고 거리를 쏘다니는 사람들을 싹둑싹둑 자르고 다닌다. 바람처럼 새 울음처럼 사방으로 날아다닌다.

해의 이 난도질에 사방으로 피가 튄다. 이 대참사를 피해 사람들이 방을 뛰쳐나가 거리를 헤매는데 그 거리가 더 살벌하다.

이 시의 상황설정이 그렇다.

이게 대체 무엇을 뜻하는가?

답은 시 속에 있다.

이 세상은 천사들의 전쟁터다. 천사는 무엇을 위해 싸우는가? 천사는 선의 상징이고 그의 상대는 악이다. 일반적으로 그렇게 생각할 수 있다. 이게 일반적 상징성이다.

그런데 이 모두가 방을 비우고 다 달아난 판국에 나는 방안에 몰래 숨어 있다.

안전한가?

아니다. 방 안엔 더 많은 칼날, 무수한 칼날이 들어온다.

나는 이 칼날을 문 줄도 모르고, 칼날을 문 채, 누군가가 나를 부릅뜬 눈으로 쏘아보는, 그 누군가가 있음을 느낀다.

양심의 가책 같은 것일까?

어떻든 해는 안팎을 다 칼질하고 다닌다.

다음 두 편의 시를 더 보자.

고해의 파도 속에 멈추지 않고 들리는 천지간에 물결 소리 같은

소리인 듯 같은 모양인 듯 같은 것 하나 없이 저마다의 위치에서 우는 듯 노래하는 듯 시를 쓰는 듯 제 편이 되어줄 것이라는 걸 물고기도 알고 있다 물결은 두 어깨로 싸운 후에도 같은 편이 되는 걸 멈추지 않는다

집 깨끗한 작업복 앞치마 나는 아무것도 내 것이 없다 붉은 치아를 드러내고 혼자 웃는 해를 따라 해해 웃어본다 웃음은 진짜 내 것이다 자꾸 해해해 웃어본다 점점 더 따뜻해지고 행복해진다.

날씨는 해를 따라 간다/ 마지막 연

이 시편을 보면 해를 따라 웃는 것이 행복이다. 이 시집에서는 해를 따라 도는 날씨처럼 해에 순응하는 것이 행복이라 한다. 거역하면 칼날을 받는다.

그렇다면 해는 무엇일 것인가?

해를 따라 웃는 것은 시를 쓰는 일이다.

그렇다면 또 시는 무엇일 것인가?

이 시집 속에는 시에 관한 이야기들이 많이 있다.

시는 곧 빛이요, 길이요, 내면의 소리다. 심층 깊숙이 들어있는 가슴 속 소리를 듣는 일이 시를 쓰고 읽는 일이 공자가 말한 '시삼백詩三百 사무사思無邪'이며 광명을 찾는 길이다.

그런데 벽이 있다. 늘 웃고만 살 수 없는, 행복을 방해 하는 높은 철벽이 있다.

그 철벽은 또 무엇일 것인가?

빛발 선 별자리들
붉은 피 묻어나는 처절한
꽃의 몸부림들

가만히 본다
지평선 수평선

욕정에 불타는
짐승들 사납게 울부짖는다

새들은 날개를 버리고
강으로 바다로 하늘로 빠져든다

모두 문을 열고 벽을 허물어라
창백한 콘크리트에 나도
지축을 쿵쿵 울리면서
붉은 공룡알이 번쩍 눈을 뜬다

붉은 눈 편지 / 중간 부분

시인을 가둔 벽이다.

이 벽 속의 방, 방을 뛰쳐나가 허물어야 할 벽, 안팎이 다 무수한 햇살의 칼날에 참수당할 수밖에 없었던, 철벽으로 가려진 이 방 벽이 무엇인가?

행복에로의 길을 가로막는 이 높은 감옥 같은 벽, 가만히 있어도, 뛰쳐나가도 당할 수밖에 없는 이 철벽 두른 방의 정체는 무엇인가?

'욕정'이다. 나를 가두는 욕정, 짐승처럼 울부짖는 이 욕정 앞에 속수무책인 인간들아...

시인은 그 벽을 허물라고 외친다.

그러나 나가도 들어와 숨어도 그 칼날은 피할 수 없는 것이 되고 마는 현실이다.

오로지 이를 피할 수 있는 길은 어머니의 사랑 같은 봄비뿐이다. 봄을 기다릴 일이다.

봄은 순환의 한 과정으로서 맞이할 수 있는 영광의 꽃과 결실을 가져다주는 우주 질서다. 죽음을 이기고 다시 사는 소생이요 부활이다. 이 크나큰 우주 질서는 획득하는 것이 아니라 주어지는 은총이다.

시인은 이 은총을 거절하지 말라 한다. 그게 순응하는 태도다.

그런데 그는 이 소생과 부활의 연결고리를 '혼사'에서 찾고, '포도'에서 노래한다. 결혼과 출산이 희망이라는 것이다. 이게 윤회의 고리요 영생의 길이다. 한 알의 밀알이 죽어 천배 만 배 씨앗을 거두듯 죽음은 결코 종말이 아니라 또 다른 시작이라는 것이다.

그는 스님이면서 기독교적 사상을 피력하는 데 주저함이 없다.

평소에도 그렇게 말한다.

그런데 그런 이야기를 시로 쓰면서는 우리네 풍습과 전통을 차용借用한다. 생 모래와 시멘트가 뒤섞이는 궁합을 이루는 것이다.

잔기침에 잠 못 들던 하얀 설산까지
햇살이 손끝 발끝으로 그리는 화촉에
단단한 얼음도 이제 부드러운 먹 가는 소리 사성四星 쓰는 소리
졸졸졸 미끄러지고 졸졸졸 흐르고 캉캉캉 소리가 난다

편鞭 끝으로 빗장을 열어준 대문 함 파는 소리 시끄럽다

무거운 몸빼를 추켜 펑퍼짐한 옷을 입고
엄마가 알뜰히 키운 스물하나 풋풋한 내 얼굴 내 가슴
참새처럼 놀고 있는 동생들은 내 배에 실밥 터지는 날을 모르겠지
봄의 함 소리/ 마지막 부분

날이 파랗게 선 하늘에 해와 달이
포도밭 속에 어둠을 싹둑 자르고 둥지 속에 어둠까지 다 자르고
나면
포도는 한 알 한 알 다 익는다

포도가 단맛 신맛 사람들의 혀끝을 자극해

산에서 강에서 바다에서 성대한 제단에 올려지면
인자한 어머니가 그림자처럼 일렁인다

한 알 한 알 혈육들이 따닥따닥 붙어 있는 포도송이는 굴곡진 꼭짓점도 없는 화목한 가족

포도 /마지막 부분

봄의 함 소리는 전통혼례식을 그리고 있다. 사성四星을 쓰고 함을 팔고 드디어 혼례를 올리고... 그다음에는 아기를 갖는 생명의 선물을 받는다.

인간이 생로병사를 겪으며 사는 중 가장 경사스러운 한 시절의 이야기이다. 이 시기를 놓치고 결혼을 하지 않으면 대가 끊기고 그 핏줄은 더 이상 존속할 수 없다. 인구절벽 시대에 경종을 울리는 이야기이다.

시인은 이러한 인류 존속의 문제를 제기함에 무슨 거창한 구호를 외치거나 이론이나 주장을 내세우지 않는다. 조용조용 그 사실을 상기시켜 줄 뿐이다.

그러면서도 대문의 빗장을 여는 도구로 편鞭 같은 용어를 사용하여 옛 풍습을 재현해 보인다.

본문에는 이 '편'자에 한자어의 주석을 붙이지 않았지만, 전통혼례에 대한 풍속을 일깨우고 있다.

그런가 하면 전혀 다른 이미지의 '포도'를 통하여 가족의 의미를 다시 한번 더 상기시켜 준다.

'포도는 일 년이 한평생/ 평생을 바친 열매는 알알이 뭉쳐서 기도하며 하늘을 섬긴다 자연을 섬긴다'라고 하여, 인간과 자연, 물아일체임을 이야기한다. 그러면서 자연의 이치를 따르는 것이 참 행복이라 한다.

그가 말하고자 하는 행복은 의외로 간단한 데서 온다. 가족이 서로 화목하면 된다는 정도다.

그런데 그게 그리 간단한 문제인가?

현실은 그렇지가 않다.

가정이 붕괴하고 가족이 와해 된 지 오래다. 가장 기본적이던 가족 중심의 사회구조가 바뀐 것이다.

시인은 기본 질서의 뒤바뀜에서 오는 이 혼돈을 시로써 이야기하려 한다. 그 이야기를 곧이곧대로 하는 게 아니라 에둘러 한다.

그러자니 시가 어렵다.

그가 차용하고 있는 이미지들의 다양함과 개별적 상징이 독자의 상상과 잘 맞지 않기 때문이다. 잘 맞지 않는 것이 아니라, 시를 음미해 읽지 않는 태도의 문제다.

시는 기사 읽듯 훑어 내려가는 독해여서는 안 된다. 커피를 숭늉 마시듯 해서는 안 되는 것과 마찬가지다.

4.

엄환섭 시 읽기의 또 하나의 재미는 그 기발한 착상의 난데없음과 작품의 길이에 있다.

시는 짧아야 한다는 통설을 무시하고 그의 시는 전부 길다.

소설도 길어서 못 읽는다고 짧은 분량의 스마트 소설이 나오는 판국인데, 그의 시는 대개가 두 쪽 이상이다.

그런데 이상하게도 읽기에 지루함이 없고 매력으로 다가온다.

왜 그럴까?

음악성이다.

그 긴 문장들 속에 내재된 운율이 흥을 돋운다. 마치 판소리나 그의 염불을 듣는 듯 재미를 느끼게 된다는 이야기다.

거기다 동서남북 종횡무진으로 내닫는 이 기발한 이미지들의 이합집산이 정신을 못 차리게 만든다.

어디서 이렇듯 기상천외한 발상을 해내는지 모르겠다. 그리고 그 이미지와 이미지들을 마찰 없이 엮어 내는지 모르겠다.

이를 그는 '낯설게 하기'라는, 많이 들어본 것 같은 이미지즘을 들고나오는데, 그가 그 이론을 답습하고자 일부러 그렇게 쓴 것은 아니다. 그는 그런 이론에 능하지도 않을뿐더러 그런 이론에 입각한 시 쓰기를 하지도 않는다.

그런데도 그는 마치 그런 이론에 맞춰서 시를 쓰는 것처럼 낯설게 하기의 명수다.

수많은 이미지를 한꺼번에 불러와 온 천지에 늘어놓고 온 문장에 포진시켜 놓는다. 마치 퍼즐을 흩트려 놓은 것 같은 이미지들, 그 공간과 시간이 너무 아득하여 쉽게 맞출 수가 없다. 그 수천 가지 이미지들은 천상천하 바다 밑까지 그리고 우주 멀리 별천지까지 이어져 미쳐 따라잡을 수 없는 것이 돼버리고 만다.

그러면 독자는 어리둥절할 수밖에 없다.

뭐 알고 이러나 모르고 이러나? 그의 상상은 예측을 불허한다.

그런데도 그게 중구난방 흩어져 있으면서도 한군데로 이합집산된다. 답이 없는 흩어짐이 아니라, 일부러 흩어 놓은 조각이라는 것이다.

엄환섭의 시를 읽자면 이 전제 지식이 필요하다.

변화무쌍한 이 이미지 전환의 수법은 상상을 초월한다.

그런데 이게 매력이다. 상상의 나래를 한껏 펼치게 할뿐더러 즐겁게 만들기까지 한다.

그가 이끄는 대로 날아가다 보면 그야말로 사막에서 빙산까지 현재에서 과거는 물론 먼 미래까지 동행하게 한다.

그런데 이상하게도 그 자신은 그걸 모른다. 심지어는 일부러 그렇게 쓴 게 아니라고까지 한다.

그렇다면 천부적인 것이다. 신 내린 경지, 그것이다.

시는 억지로 만드는 게 아니라 이 신내림을 타고 내리는 엑스터시이다.

실제로 그는 한번 사고를 당하고 나서부터는 뇌 구조가 그렇게 변해버렸다고까지 한다. 생각지도 않았는데 줄줄이 시가 나오고 써놓고 보면 그런 시가 돼 있다는 것이다.

그의 이 엑스터시는 생과 사, 이승과 저승 사이를 자유롭게 드나들고 과거와 현재, 미래를 제약 없이 오가는 데 어려움이 없다.

이 시 · 공을 매개로 가교역할을 해주는 이가 있으니, 어머니다.

그는 가끔가다 어머니를 시에 올리는데 시 · 공을 초월하는 시적 화자로 존재한다.

어머니는 시인의 길잡이가 되기도, 손과 발이 되기도, 때로는 시인 자신이 되기도 한다. 시 그 자체이기도 하다.

그게 곧바로 엄환섭 시인의 시다. 이는 양심의 소리이며 시인이 이 세상에 대고 소리치는 외침이기도 하다. 요즘 추세인 낭송시로 '딱'이다.

엄한섭 시인은 <미묘사>라는 미묘한 절의 주지 스님이기도 하다. 그런데도 승복 대신 작업복을 입고 일하러 다닌다.

일하지 않고서는 먹지도 말라는 말에 따르는 것일까?

목탁 잘 치고 염불 소리 낭랑하지만, 절 밖에선 일체 중이 아니다. 요즘 절은 절이 아니라며 수행승의 존재를 아쉬워하고 옛날에 배웠던 큰스님의 그림자를 그리워하면서도 그 자신은 안으로 수행할 뿐 겉으로 드러내지 않고 묵묵히 시를 쓰는 시인으로, 시로써 말을 대신하고 있다.

나는 거지다
공손하게 합장하고 마주 앉아
지나가는 사람들에게 절을 한다
옷은 여기저기 찢어 붙인 누더기 때 절었다
흑백으로 갈라진 길들이 뒤섞인다
두 손을 모아 합장한 내 얼굴이 어둡다
기도했기 때문이 아니다
앉아 있을 수 없이 먼 윤슬이 흩어지기 때문이 아니다
신은 구두는 밑창이 터져 움직일 때마다

메기 입 벌리고 돈 달라 밥 달라 소리친다
거머쥔 손에 미지근한 목탁 소리 쌓인다
내가 먼저 발우를 놓고 기다리는 동안
너는 달그락 동전을 던지고
너는 달그락 돌을 던지기도 한다
시간은 똑딱똑딱 돌아 배고픈 나에게
점심을 알리고 저녁을 알린다
빈 발우 안에 햇살이 가득 차오르고
낯선 향기도 한 장 한 장 쌓인다
높은 담장에 머리만 내민 장미도 나에게 입맞춤을 던진다
나의 화두는 두 호주머니 속의 심연
길과 길 사이를 채우는 가랑비 젖은 곳으로 걷고 있을 때
동전이 칼을 가는지 쇳소리 꿈틀거리고
지혜의 길은 어디에 있나 또 있기나 한 것인가
우리는 마주 보고 있지만 서로 위험하다
끝까지 서로를 모른 체하고 등을 돌리고서야
젖은 신발을 벗다 빛을 확인한다
옆구리 어디쯤에 쭈그리고 있던 마음이 저녁을 지나간다
길이 부풀고 검붉은 나무바가지엔 깨어진 얼굴들이 가득하다
목이 마른 길 끌어안고 있는 거지도 세금은 내야 세상은 돌아간다 하고
나는 매일 공염불로 혓바닥이 마르고 버석거린다
나는 젖은 길을 걷는 걸승傑僧
나는 걸승/ 자승은 불타 죽었다는데

아르헨티나의 위대한 작가 호르헤 루이스 보르헤스는 그의 학생들에게 이렇게 가르쳤다.

'가장 중요한 것은 그 작품의 사상이나 논평에 집착하기보다는 단순히 그 작품을 읽고 직접 접하며 우리 앞에 있는 본문에 몰입

하는 것이다.'

어떤 작품이든지 그 작품을 다 이해하지는 못한다고 하더라도 작품을 읽는다는 것은 다른 사람의 목소리를 듣고 있다는 것이다. 다른 사람의 목소리에 귀 기울이는 것 그것이 문학이다.

엄환섭의 시를 읽는다는 것은 축구장의 축구 경기를 보는 것 같다. 축구공이 어디로 튈지 모르듯 다음 장면이 어디로 넘어갈지 알 수 없다. 언어의 축구장이다.

골을 넣을 때도 있지만 그렇지 못할 때도 있다. 결론이 없다는 이야기다.

결론에 도달하지 못한다 해서, 골을 넣지 못했다고 해서 그 시가, 그 경기가 아무것도 아닐 것인가?

관람 그 자체가 즐거움일 수도 있다. 이미지와 이미지가 얽히고 설키는 속에서 일어나는 충돌이, 거기서 오는 상상의 즐거움이 엄환섭 시 읽기의 재미가 된다는 이야기다.

시는 쾌도난마식으로 잘라내 말할 수 없다. 그 어떤 이론가의 분석대로 평자의 비평대로 이해되는 게 아니란 것이다.

이렇게 따진다면 인공지능 로봇이 하는 평설이 더 고답적일 수 있다. 인공지능이 더 많은 자료를 확보하고 있을 것이기 때문이다.

시에는 복합적이고 비밀스러운 향기가 있다. 분석되지 않는 문자향이며 시향이 그것이다.

그 비밀의 문을 들어설 수 있는 열쇠는 오로지 독자의 상상력 속에 있다. 시인과 독자의 만남이 여기서 이루어지는 것이다.

경험과 상상의 폭이 같을 때 울림이 온다. 이때의 울림은 감동이요 깨달음이다. 이 깨달음을 위해 시를 읽고 시를 쓴다. 단순한 재미나 교훈 같은 것이 아니다.

시는 빈 악기 같은 것이다. 이를 탄주하는 이는 시인이 아니라 독자다. 독자가 데데하면 그 시가 아무리 훌륭하다 할지라도 그 독자에겐 별무소용 없는 것이 돼버리고 만다. 이런 무용지물의 시가 범람하는 시대다.

적어도 한 권의 시집을 읽고 난 후에 시인이 말하고자 했던 이야기가 무엇인지를 깨달을 수가 없다면, 그 작품이 독자의 일상에 변화를 주지 못했다면, 그 작품은 무용지물이 될 수밖에 없다.

무용지물이 범람하는 시대다. 자비출판 시대 이래 천박한 시가 판을 치는 작금이다. 그렇다면 엄환섭의 이 시집은 어떤가? 독자에게 묻고 싶은 것이다.

이 글의 존재 이유이며, 목적이다.